西游课

《西游记》助读

徐建明 ⊙ 著

苏州大学出版社

图书在版编目(CIP)数据

西游课:《西游记》助读/徐建明著. —苏州:
苏州大学出版社,2021.4(2021.6 重印)
 ISBN 978-7-5672-3521-2

Ⅰ.①西… Ⅱ.①徐… Ⅲ.①《西游记》评论-文集 Ⅳ.①I207.414-53

中国版本图书馆 CIP 数据核字(2021)第 065319 号

书　　名:	西游课——《西游记》助读
著　　者:	徐建明
责任编辑:	史创新
出版发行:	苏州大学出版社(Soochow University Press)
社　　址:	苏州市十梓街 1 号　邮编:215006
印　　装:	苏州市越洋印刷有限公司
网　　址:	www.sudapress.com
邮购热线:	0512-67480030
销售热线:	0512-67481020
开　　本:	890 mm×1 240 mm　1/32　印张:8.375　字数:196 千
版　　次:	2021 年 4 月第 1 版
印　　次:	2021 年 6 月第 2 次印刷
书　　号:	ISBN 978-7-5672-3521-2
定　　价:	42.00 元

凡购本社图书发现印装错误,请与本社联系调换。服务热线:0512-67481020

释放经典神话的人性光辉与教育意蕴
（代 序）

张俊平

从程朝阳先生手里拿到徐建明老师的这本书稿，一看书名《西游课——〈西游记〉助读》，我便觉眼前一亮，翻完之后更是怦然心动。《西游记》绝不仅仅是中国古典文学中的神话经典读本，更成为熔铸和淬炼中国人性格的文化基因，是启蒙中国人政治意识的思想源泉，是达至道德自觉的民族精神和人类理性。徐建明老师的《西游课——〈西游记〉助读》，以敏锐的社会视角独辟蹊径，以批判性的眼光审视虚幻浪漫的神话文本，借严谨细密的逻辑推理、力透纸背的锐气豪情，释放了《西游记》中的人性光辉及教育意蕴。

《西游记》通常以其魔幻奇异的神话情节引领读者的情感追随，但作者的解读不止于此，而是抽身出来，通过一种源自人性本质的文化自省，逆流而上，寻找一条通往《西游记》世界的人性密码，检视国人性格养成的文化基底。且看神话文本中人物、妖兽、神仙的界限关系，作者均以批判的眼光和宽厚的心态容纳成全，以无邪观念和天人合一的达观智慧，透视和理解《西游记》中的社会与文化。如开篇中对美猴王出生的解读——"美猴王只能从石头里崩出来"。"从石头里崩出来"的美猴王才可一生无性，无欲无求，无牵无挂，逍遥至真。而当他学到"驾筋斗云"和"七十二般变化"，有了神通的本事，便也增加了些人性的弱点。作者辩证的思考、人性的反省，可见一斑。再如对"猪八戒照镜子——里外都是人"的解读——猪八戒勤快憨厚，有点贪财，有点好色，有点嘴馋，有点牢骚，但到了西天极乐世界，依然修成正果，成为"净坛使者"。猪八戒的修行不失趣味且生命圆满，这才是为人的真性真情吧。还有"生而为人的尊贵"一篇——历经磨难，唐僧终取得真经，修得正果，却忘记了旧时老龟的嘱托和心愿，被老龟淬入水中，经卷尽湿。千年乌龟，而人生不足百年，妖兽千百年修炼，竟为成人。何以成人？何为人性？作者以发人深省的辩论给出了不解之解，引发读者空远的追问与深思。

《西游记》的政治影响独具中国特色，堪作现代国人政治启蒙的一种范式。《西游记》全篇未提政治，却以政治的形式展开。阅读国外政治论著，大写的"权力关系"和"价值观念"赫然入目，让人立即警觉起来。而《西游记》却是以幽默的志怪神话实现教化于无形，融合不同宗教之间迥异的政治主张，通过一种强烈的、潜隐的、具有韧性的力量，发人深省，摄人灵魂，进而化成其治下的每个社会成员的做人方式。当我们引入一种伦理政治学的向度展开分析，《西游记》中的权力关系便凸显出来了。如唐僧与悟空的领导关系——唐僧对悟空的解救、悟空对唐僧的保护，并非只是一场个人的因缘，而是完全由佛家的权力掌控。唐僧和孙悟空的师徒关系，也并非自然天成，而因紧箍咒的存在才建立的；取经过程中的九九八十一难，也并非是偶然遭遇，而是如来佛祖和观音菩萨等众仙家联盟的政治集团对唐僧一行五人的政治考验。再如"三调芭蕉扇背后的意义"解读，对芭蕉扇用"调"而非"借"，满含强制征用的权力意味。作者以犀利的眼光透视传统神话文本，开展现代伦理政治的寓言式解构，让浪漫的神话艺术焕发教育意蕴和政治理性的光芒，丰富了我们关于《西游记》情结的文化理解。从社会历史发展的角度看，《西游记》中这种强大而柔韧的政治教育力量贯通古今，塑造着国人的民族精神与理性品格。

　　《西游记》表现了儒、道、释三种宗教在中华民族漫长悠远历史中的融合与紧张，这样的社会文化氛围塑造着国人道德自觉的民族特性。孙悟空的经历恰似人的一生，充满个体与社会的冲突、自由与规训的冲突，在这个过程中形成统一和中和的自觉。其实，不仅是孙悟空，《西游记》中的人、妖、神无不如此。正是在这种人性的社会规训中，各自圆满，自带残缺。求取真经的唐三藏从人成佛，生性顽劣的孙悟空由妖变佛，遭遇惩戒的沙僧和猪八戒重回佛界，海神白龙马升拜佛家，在取经的修行中，他们的道德理性渐次开发，渐至自觉与自律。《西游记》的道德教化便在这"不着一字亦真经"的艺术熏染中墨化开来——全篇的奇形怪状，全章的神话传说，全无庙堂之治，却使人近其心而憨厚其德，务郑重其事而妥安其志，追求安稳牢韧而有味；使得读者察于外而求诸己，在向内而优的过程中成了人，成就了中国人的性格，泛化成为中国社会与文化。

　　《西游课——〈西游记〉助读》以严密犀利的思维推理人

性，风趣幽默的文字充满了强烈而紧张的灵魂叩问，逼迫着读者不得不进入《西游记》的社会，不得不在阅读中批判而思，关联并反省人性、政治与文化。紧张的逼迫深读之后，既是新生，也是自在与圆满！

（作者系《江苏教育》杂志主编，编审，江苏省新闻出版领军人才）

目 录

1. 美猴王只能从石头里崩出来 /1
2. 神仙的两难 /4
3. 面对强者的姿态 /7
4. 龙王,上天遣用之辈 /10
5. 和平大使太白金星 /13
6. 如来就是如来 /16
7. 好一个"安天大会" /19
8. 造就英雄的是对手 /21
9. 各有前科各有福 /24
10. 泾河龙王的命运 /27
11. 好一个从容自尽 /29
12. 死过一回的唐王 /32
13. 紧箍咒的存在意义 /35
14. 六贼无踪的果报 /38
15. 猴子与观音的交集 /41
16. 一袭袈裟见人心 /44
17. 金池长老的执着心 /47

⑱ 不可忽略的自然教化 /50

⑲ 猪八戒照镜子——里外都是人 /53

⑳ 精神明亮地"恨苦修行" /56

㉑ 如来身边的小貂鼠 /59

㉒ 弱水三千隐喻深 /61

㉓ 空前的灾难，空前的力量 /63

㉔ 好一个唐三藏 /66

㉕ 五庄观灾难的因果链 /69

㉖ 长命百岁与人参果树 /73

㉗ 那个"戏"字出神入化 /75

㉘ 英雄落难后的家园 /79

㉙ 婚姻莫非真是爱情的坟墓 /82

㉚ 不看僧面看佛面 /85

㉛ 从乌合之众到义结同行 /88

㉜ 可爱的小妖 /92

㉝ 头顶三尺的神明 /95

㉞ 装天和借童为妖设难的意图 /98

㉟ 《西游记》里的后喻时代 /101

㊱ 师徒赏月见分明 /104

㊲ 乌鸡国国王的自尊 /108

㊳ 强者多慈悲 /111

㊴ 红孩儿凭什么修成正果 /114

㊵ 龙生九种个个不同 /116

㊶ 佛道无争争在人 / 118
㊸ 求死不得的苦楚 / 121
㊸ 生而为人的尊贵 / 124
㊹ 鱼篮观音示现的重要意义 / 127
㊺ 爱欲神昏遇魔头 / 130
㊻ 牛魔王家族的俗世人生 / 133
㊼ 妖怪的资质 / 136
㊽ 一棒子打死也是教化 / 139
㊾ 是非面前的谛听 / 143
㊿ 三调芭蕉扇背后的意义 / 146
(51) 归隐山林与红袖添香 / 149
(52) 有缘无缘怕虎否 / 151
(53) “悬丝诊脉”的断想 / 153
(54) 天上的集会也不少 / 156
(55) 君子的权柄交到了小人的手上 / 159
(56)《西游记》里的因果链 / 162
(57) 有钱人“给孤独长者” / 165
(58) 灭法国缘何灭法 / 168
(59) 老天爷为何不管百姓 /171
(60) 好为人师的祸患 / 174
(61) 行百里者半九十 / 177
(62) 念得晓得还是解得 / 179
(63) 发自肺腑的敬畏 / 182

㉔ 心境不宁坐大牢 / 185

㉕ 天上舅舅也大 / 188

㉖ 寇员外，灵山脚下一大寇 / 191

㉗ 唐僧对美人的免疫力 / 195

㉘ 不着一字亦真经 / 199

㉙ 世上没有免费的午餐 / 202

㉚ 残缺乃天地之大美 / 205

㉛ 取经容易传经难 / 207

㉜ 西游里的内修课 / 209

附录：八十一味菩提果 / 212

后记 / 254

1. 美猴王只能从石头里崩出来

《西游记》第一回，猴子出世，他是从东胜神洲花果山山顶的一块石头里崩出来的。安排猴子脱胎于石头，实在是最为合乎情理的。

猴子生于自然，无父无母，在天地间、血脉上，他是赤条条一个人。赤条条一个人是孤独的，但起码有一点好处，就是猴子的日子过得无牵无挂。

无牵无挂就保证了猴子在未来追求中，不用前怕狼后怕虎。俗人有爹有妈，有儿有女，固然好，但因为亲情，俗人大多数时候必会瞻前顾后。

从石头里崩出来的猴子做任何事情都毫无顾忌。离开花果山去南赡部洲访问，去西牛贺洲学艺，不必请示父母，也不必在中途给父母写一封信汇报工作。

猴子诞生于石头，保证了性情与志向的纯粹和天真。

猴子没有后天父母的管教，他具备石头的天性。当须菩提问猴子"你姓甚么"的时候，猴子误答道：

"我无性。人若骂我，我也不恼；若打我，我也不嗔，只是陪个礼儿就罢了。一生无性。"

这个歪打正着的回答，恰是学仙的基础。

石猴的纯粹在于其意志的坚如磐石。

小说写道，石猴在南赡部洲串长城，游小县，学人礼，学人话，朝餐夜宿，一心访问佛仙神圣之道，觅个长生不老之方。猴子见那些肉身凡胎之辈都在干什么呢？他见世人都是名利之徒，更无一个为身命者。大多数人是"骑着驴骡思骏马，官居宰相望王侯"。

猴子的纯粹还在于他不必顾忌太多的人情。

执着访仙的猴子到了南赡部洲，从樵夫那里终于打听到了仙家的下落。樵夫说，他与神仙家正是邻居。

猴王道："你家既与神仙相邻，何不从他修行？学得个不老之方，却不是好？"樵夫道："我一生命苦：自幼蒙父母养育至八九岁，才知人事，不幸父丧，母亲居孀。再无兄弟姊妹，只我一人，没奈何，早晚侍奉。如今母老，一发不敢抛离。却又田园荒芜，衣食不足，只得斫两束柴薪，挑向市廛之间，卖几文钱，籴几升米，自炊自造，安排些茶饭，供养老母，所以不能修行。"

《西游记》开篇的这段对话颇有趣味。读了这段文字，我们看到了什么？凡人，就算是神仙的邻居也难有修行的命，奉孝和修行有时难以两全，我们得先奉孝后才可学仙哪，斫两束柴薪，卖几文钱，解决生计比学仙重要得多。

这是我们肉身凡胎没有法子的事情。

而猴子就不一样，他是从石头里崩出来的，无孝可奉，无牵无挂，完全可以逍遥地漂洋过海，访仙得道。

猴子是赤条条的"无产阶级"。这就决定了在以后的情节中，他敢到阎罗殿修改生死簿，敢大闹天宫，甚至敢和至高无上的如来斗法。

我们很难想象，猴王如有爸有妈，有妻有儿，其中任意一个被天庭绑架了,他的革命有这么彻底吗?

这就很难说了!

由此,我们认为,《西游记》第一回安排猴子从石头里崩出来,是在为后面的情节做铺垫。

2. 神仙的两难

　　孙悟空在须菩提那里学到了两大本事，一是"驾筋斗云"，二是"七十二般变化"。须菩提这两大本事是不轻易外传的。

　　猴子脱胎于石，心性比较单纯，符合须菩提的最高教义——一个"空"字，因此须菩提在星夜私下里偷偷传给了孙悟空这两大本事。我们也可以认为，这是须菩提对悟空的偏爱。

　　问题在于，孙猴子身上有着人性的弱点，那就是有了一点本事就喜欢炫耀。这一炫耀就闯祸了。

　　这个祸，神仙都没办法替他解决。我们来看须菩提对此是怎么说的：

　　　　"悟空，过来！我问你弄甚么精神，变甚么松树？这个工夫，可好在人前卖弄？假如你见别人有，不要求他？别人见你有，必然求你。你若畏祸，却要传他；若不传他，必然加害：你之性命又不可保。"

这一席话，须菩提完全是从人性的角度在跟孙猴子讲道理，我认为这也是须菩提给学生上的最后一课。

　　普遍的人性是什么？你见别人有，你就会去求他；别人见你有，必然求你。你传他，你有违师尊；你不传他，别人就会要你的命。

　　我认为，这是须菩提对自己的学生讲的掏心窝子话。

"你快回去,全你性命;若在此间,断然不可!"
这话决不是冰冷的,而是为了保全学生的性命,出于对学生的大爱。

在这里,我们不禁想到佛教禅宗六祖慧能的故事,六祖因为四句偈语"菩提本无树,明镜亦非台。本来无一物,何处惹尘埃",得到了五祖弘忍的衣钵,随后为了逃避禅宗帮派的争斗而不得不隐遁。

有本事,必须低调,必须韬光养晦。自古便是如此。须菩提只能忍痛打发悟空离开,爱之,但必须弃之,两难,但最终"走"仍为上。

我们再来看师徒两人分手之前的一段精彩对话:

祖师道:"你这去,定生不良。凭你怎么惹祸行凶,却不许说是我的徒弟。你说出半个字来,我就知之,把你这猢狲剥皮锉骨,将神魂贬在九幽之处,教你万劫不得翻身!"

悟空道:"决不敢提起师父一字,只说是我自家会的便罢。"

祖师的话说得那么绝情,以致让我们读者认为,他们之间的师徒关系从此了结。

其实,须菩提的意思可能是,你没有我这个师父,将来惹了祸,就不会担心仇家找到师门,以致斗争起来束手缚脚。注意,须菩提要惩罚的不是猴子惹祸,在仙家看来,是非很难有统一的标准,他要惩处的是,不守秘密——说出彼此的师徒关系来。

在须菩提看来,门户的牵连才会惹出无法解决的麻烦。所以他提醒猴子,学成过后,把他这个师父从脑子里清"空",执着于报恩的师徒关系,对未来的彻底革命是不利的。

中国有句古话:"逃得了和尚,逃不了庙。"

"哪吒闹海"的传说人尽皆知,哪吒跟东海龙王斗法,东海龙王找到哪吒的父亲李靖，哪吒就没辙了。最后解决的方法是哪吒把骨肉还给李靖，太乙真人让哪吒在莲心里得以重生，这也算给哪吒的革命荡平了一条道路。

所以，须菩提的临别之言，句句肺腑，用心良苦，饱含着浓浓的师徒之情。

《西游记》原著，猴子别过须菩提后，师徒确实未曾谋面。著名导演杨洁在1987年播放的电视剧《西游记》里设计了这样一个情节：

孙悟空因为一时之气，竟然将万寿山五庄观镇元大仙的人参果树给推倒了。他到处求人医树不得，只得驾筋斗云去斜月三星洞寻师父，但此时的斜月三星洞，蛛丝缠结，草木颓败，房屋破陋，须菩提已不知去向。猴子跪在地上，肝肠寸断，热泪盈眶，直呼师父。须菩提隔空传话，提示徒弟去茫茫南海找医树之人。

师徒心心相通，情深似海哪！这一补笔，是1987年版的《西游记》电视剧的点睛之笔之一。

我以为，悟空与须菩提的师徒关系，是最干净、最浓情的。

3. 面对强者的姿态

孙猴子到龙宫借宝，东海龙王把大禹治水的定海神针铁——如意金箍棒给了他，众龙王也各提供了一套最珍贵的行头给猴子，有锁子黄金甲、凤翅紫金冠、藕丝步云履。猴子得了宝贝后，非但不言谢，还使动如意棒，一路打出去，对众龙道："聒噪！聒噪！"

龙王们无偿献出了宝贝，最后还遭一顿打。这猴子，真是过分。

孙猴子的魂魄被小鬼勾到阴司，两个小鬼被猴子打成肉酱。猴子当着十代冥王，执如意棒，登森罗殿，南面而坐，活像主人，把生死簿上凡有猴属之类但有名者，一概勾之，了了自己和众猴的生死账，然后又一路棒打，出了冥界。

猴子得以与天同寿，对冥王的容忍不言半个谢字，却是一顿暴打。

这两幕闹剧中，猴子实在无理，让龙王尊严全无，冥王斯文扫地。可偏偏读者们并不同情呼风唤雨的龙王和执掌生死大权的冥王。

这究竟是什么缘故呢？

我们仔细回顾一下这两幕滑稽剧。

悟空与东海龙王素昧平生，初次相见，东海龙王敖广得夜叉禀告说有一个莫名其妙的自称邻居的上仙来访,龙王不作询问,不作调查,急忙起身,与龙子、龙孙、虾兵、蟹将出宫相迎。龙王迎接悟空的隆重阵势,长了别人的士气,灭了自己的威风。实是抬高了悟空的身价,让堂堂龙王自我屈尊。

龙王在悟空面前身价全无,当发现悟空力大无比时只知恐惧害怕。当悟空得了金箍棒还得寸进尺要这要那时,他乱了方寸。龙王在悟空面前软弱无能,丢了"王"的尊严。

我们再来看看东海龙王给玉帝的奏表:

> 水元下界东胜神洲东海小龙臣敖广启奏大天圣主玄穹高上帝君:近因花果山生、水帘洞住妖仙孙悟空者,欺虐小龙,强坐水宅,索兵器,施法施威;要披挂,骋凶骋势。惊伤水族,唬走龟鼍。南海龙战战兢兢,西海龙凄凄惨惨,北海龙缩首归降。臣敖广舒身下拜,献神珍之铁棒,凤翅之金冠,与那锁子甲、步云履,以礼送出。他仍弄武艺,显神通,但云"聒噪!聒噪!"果然无敌,甚为难制。臣今启奏,伏望圣裁。恳乞天兵,收此妖孽,庶使海岳清宁,下元安泰。

"南海龙战战兢兢,西海龙凄凄惨惨,北海龙缩首归降。臣敖广舒身下拜,献神珍之铁棒,凤翅之金冠,与那锁子甲、步云履,以礼送出",言辞可怜之极,龙王家族之无能,缩头缩尾之丑态自我宣扬到了天庭,实是可悲可怜,好好的"龙"竟全成了"虫"。龙王实是被悟空唬坏了,毫无抵抗,却说悟空"果然无敌,甚为难制"。

这个被民间寄予"风调雨顺"希望的"王",面对强敌,实在令人失望。

所以读者读到龙宫借宝这一节,常常会不顾猴子的顽泼,嘲笑龙族的无能。

那么掌管生死大权的冥王们对猴子的到来态度又如何呢？

小鬼把猴子勾至冥界，猴子将两个小鬼打成肉酱，一路打到森罗殿。十代冥王在猴子面前极尽丑态。

不知猴子姓啥名啥，却让小鬼勾人，推托"想是差人差了"，全然不把生死当回事；推托"普天下同名同姓者多，敢是那勾死人错走了也？"那简直是严重渎职。

更为甚者，掌握生死大权者，却贪生怕死，任猴子登森罗殿，南面而坐，还主动取出生死簿，任其勾画。冥王们失了为官的严肃、尊严、是非。冥王们在给玉帝的奏表里说，猴子是冒渎天威，读者前后思量，却觉得真正冒渎天威的恰是十代冥王。

故，面对强者，无论是龙王还是冥王，均失了自身应有的不卑不亢的姿态。百姓素来靠风雨，重生死，天地却请这些个糊涂的混账小丑当道，真乃滑天下之大稽也，不派只泼猴治治他们，真是难解读者的心头之恨。

4. 龙王，上天遣用之辈

龙王在《西游记》中地位似乎并不高。他无法庇护龙子龙孙；他能行雨，但只是"上天遣用之辈"，有时还受命于妖；天庭高级别聚餐，要炮龙烹凤，供龙肝凤胆。龙族地位，可见一斑。

龙在维护家族尊严上，智商也是一般般。前面提到，当孙悟空到龙宫借宝时，东海龙王亲自率龙子龙孙等出门相迎，东海龙王到天庭参奏孙悟空时，奏文的水准实在不敢恭维：

> 南海龙战战兢兢，西海龙凄凄惨惨，北海龙缩首归降。臣敖广舒身下拜，献神珍之铁棒，凤翅之金冠，与那锁子甲、步云履，以礼送出。

这样的文字，在告状的同时，大有自扬家丑的味道。

现实社会的"风调雨顺"，龙王功不可没。但我们知道，所有龙王行雨喷火也只是按章办事，他们不管正邪，永远是奉命行事。所以风不调雨不顺，也不能记在他们的头上。

孙悟空在车迟国斗法，与虎力大仙比赛求雨。虎力大仙是妖，但妖也按章办事，啥叫按章办事？就是旗、香、烛、符、咒语凑全了，这相当于在文件上一个个公章全部盖全，玉帝就同意了，便下一道降雨的旨，风婆、雷神、龙王无须辨正邪，只管执行即可。

龙王是掌握了"行雨"的专利却没有自主权的分管领导。泾河龙王与袁守诚赌雨,克扣几点雨,错过一点时辰,他虽吃透了文件精神,但一时冲动,想打擦边球,结果落得一个被斩首的命运。

当然,龙王在文件面前,有时还是会变通的,特殊情况还是会特殊处理的。

孙悟空与虎力大仙赌求雨,虎力大仙手续俱全,龙王来行雨,就被孙悟空止住了。北海龙王的冷龙助羊力大仙滚油锅,也被孙悟空止住了。

在孙悟空面前,玉帝的萝卜头公章有时不太管用。为什么?龙王们知道,孙悟空是"齐天大圣",在他面前,玉帝的旨意是可以通融的。这是孙悟空在龙王面前的救急特权。

这个特权在凤仙郡不管用,孙悟空绕过玉帝让龙王施雨,龙王没有玉帝旨意就不敢下,凤仙郡郡侯因家庭矛盾将斋天素供推倒喂狗,犯有冒犯之罪。

所以面对自己的天赋,龙王始终牢记自己只是"上天遣用之辈"。

当然,我们也不能小瞧这个"上天遣用之辈",在行雨上,他听"天"由命,但他绝对是一个会生活的人。龙王有自己的兴趣,是一个不折不扣的收藏家。龙王的水晶宫就是一个巨大的博物馆,东海龙宫宝贝之多,一定赛过法国的卢浮宫、美国的大都会博物馆。孙悟空的如意金箍棒就是龙宫的定海神针铁。龙王还收藏一幅有教化意义的名画——《圯桥进履》。

第十四回,唐僧埋怨孙悟空打死六个强盗,孙悟空受不得气,去了东海龙宫,东海龙王把那"圯桥三进履"的故事讲给了猴子听:

"此仙乃是黄石公。此子乃是汉世张良。石公坐在圯桥上，忽然失履于桥下，遂唤张良取来。此子即忙取来，跪献于前。如此三度，张良略无一毫倨傲怠慢之心，石公遂爱他勤谨，夜授天书，着他扶汉。后果然运筹帷幄之中，决胜千里之外。太平后，弃职归山，从赤松子游，悟成仙道。大圣，你若不保唐僧，不尽勤劳，不受教诲，到底是个妖仙，休想得成正果。"

这个东海龙王，也就是在这里，体现了上等的智慧。他给猴子上的这一课，对唐僧完成西天取经大业，在起始阶段具有重要的意义。

由此看来，龙王不是一个简单的"上天遣用之辈"。

5. 和平大使太白金星

如果一定要给《西游记》中的神仙评一个"和平大使",我愿意把这个光荣的称号给太白金星。

在前几回,太白金星是玉皇大帝的一个招安大使。孙悟空闹龙宫,闯地府,玉皇大帝第一个想到的是发兵征讨。太白金星想着化干戈为玉帛,便为悟空说好话,提出招安的建议。玉帝给了悟空一个末流的官职——"弼马温"。正是因为受了玉帝的歧视,所以悟空重返花果山,听独角大王的意见,自封了"齐天大圣"。

事态因为玉帝对悟空的诚意缺失,陷入僵局。

但太白金星厚着脸皮,以大局为重,再次以"和平大使"的身份,到花果山对弼马温进行了二次招安。太白金星顺水推舟,建议玉帝给孙悟空一个有衔而无职的"齐天大圣"。

太白金星两次充当招安大使,均收到了预期的效果。但悟空初入天界,在具体事务分配上确实遭到了排挤,受到了欺辱、妒忌甚至是陷害。

"弼马温"是最末流的官职,身为"齐天大圣"却有名而无实,这是猴子所不能忍受的。玉帝听从许旌阳真人的建议,让大圣看守蟠桃园,其做法本身就是一场精心设计的陷害。

何以见得?

人人都知道，猴子最喜欢享用的是桃子。大圣初入蟠桃园，问："此树有多少株数？"土地不但跟他汇报了株数，还详细介绍了各类品级仙桃的功能：

> 土地道："有三千六百株：前面一千二百株，花微果小，三千年一熟，人吃了成仙了道，体健身轻。中间一千二百株，层花甘实，六千年一熟，人吃了霞举飞升，长生不老。后面一千二百株，紫纹缃核，九千年一熟，人吃了与天地齐寿，日月同庚。"

其言语的诱惑，明眼人都看得出，就是在教唆。再加上蟠桃会的推波助澜，三十三重天的太上老君八卦炉前司炉的故意缺席，其实都是给猴子触犯天条准备的精心设计的陷阱。

自此，太白金星的"和平"斡旋宣告失败。

读者可以看到，在大闹天宫、与如来斗法的整个过程中，太白金星不再露面，从天庭的行事风格看，他再也没有脸面代表强大的天庭出场。

我个人认为，自猴王上天，整个天庭都参与了对一个孤零零的、天真的弱势者的斗争。这样的斗争从参与者的数量上来说，是不公平的，一只猴子对十万天兵，从这个角度来看，猴子是值得同情的。

而在天庭这个圈子中，唯有太白金星对猴子的态度是最实诚的。但无论是书里还是书外，和平大使的斡旋从来敌不过各方势力的博弈。

尽管如此，太白金星的这份心还是赢得了猴子的敬重。这份敬重的赢得很大程度上是由于太白金星有着高超的交际艺术和朴实的人格魅力。

在后面的故事中，作者刻画太白金星的一些行为更值得读者注意。唐僧师徒赴西天取经,历九九八十一难中,阻挠取经大业的妖怪很多,其中很多妖怪是神仙的坐骑、童子、宠物,而太白金星从来没有过这样的不良记录。

太白金星,光明正大,清清白白。这个神仙,是没有原罪的。从本质来说,也只有没有原罪、没有偏见的人,才可以做和事佬。

6. 如来就是如来

孙悟空与如来斗法，以失败告终。

常人所看到的失败原因是，佛法高于天，孙悟空本事再大，也逃不了如来的手掌心。如果读者收获的只是这些，那么《西游记》也算是白看了。

如来如何称其为如来？我们来看一下那位世尊的品性。

悉闻乱了蟠桃会的事实经过后，如来没有兴师动众，即对众菩萨道：

"汝等在此稳坐法堂，休得乱了禅位，待我炼魔救驾去来。"

其泰山崩于前而色不变的从容淡定，跟天庭面对猴子时的一片混乱形成鲜明的对比。一个"炼"字，表现了如来从善的初衷，而非一个"杀"、一个"灭"字了结。在如来看来，伏人的本质是收心归心，改变众生因欺心而置自身于囹圄之中的大悲。

故而如来只带阿傩和迦叶二徒到打斗现场止住干戈。面对大圣的野心，如来的一席话很有意思：

"你那厮乃是个猴子成精，焉敢欺心，要夺玉皇上帝龙位？他自幼修持，苦历过一千七百五十劫。每劫该十二万九千六百年。你算，他该多少年数，方能享受此无极大道？你那个初世为人的畜生，如何出此大言！不当人子！不当人子！折了你的寿算！趁早皈依，切莫胡说！但恐遭了毒手，性命顷刻而休，可惜了你的本来面目！"

这话是什么意思？

打个比方。你到操场上奔跑，风驰电掣，你看着远远落在你后面的人，步履蹒跚，满头大汗，你笑话别人的拖沓，觉得自己就是一个跑步的健将。你却不晓得人家已经跑了几十圈甚至上百圈了，你才跑第一圈呢。

俗人大都如此，看到别人当面安享福报，却不能，也无能看到别人背后的功夫。如来这席话是对猴子说的，也是对读者诸君说的。

芸芸众生，为何欺心？不能归心，即对历史的无知。如来主张用历史的眼光来看待问题，而不是众生的鼠目寸光。

中国古人从来看重历史，"横逆困穷直从起处找由来，则怨尤自息；功名富贵还向灭时观究竟，则贪恋全无"。这实在不是什么高深的道理，却是我们人道"归心"的法门。

猴子服不服呢？当然不能屈服，于是如来就与他斗法，这场斗法实在是给足了猴子面子。

读者只要想想，初世为人的猴子，能与如来斗法，这样的机会谁可以得到？对猴子来说，这实在是最高阶的修炼。只有经过这样的"炼"，猴子身上的魔性才可能会褪去；只有经过这样的修炼，猴子在未来保唐僧西天取经的路上才有资本。在这个三界之内，谁有机会跟如来斗法呢？

所以，跟权威斗，跟教主斗，"失败"就是资本。辉煌的失败远胜于巨大的成功。

所以，猴子和如来斗是幸运的。何以见得？我们不妨看猴子斗败后，如来是怎么处理他的：

> 好大圣，急纵身又要跳出，被佛祖翻掌一扑，把这猴王推出西天门外，将五指化作金、木、水、火、土五座联山，唤名"五行山"，轻轻的把他压住。众雷神与阿傩、迦叶，一个个合掌称扬道："善哉！善哉！"

面对不知天高地厚、严重冒犯天帝的猴子，如来"轻轻"压住，这"轻轻"两字充满着温情，这"轻轻"两字充分表现了如来此回"炼魔"的举重若轻，表现出如来"得理"饶人的大善。众神称赞如来"善哉"，非赞其法力无边，而是赞其对猴子惩戒的适度和温度。

因为，无论是凡人还是神，得理不饶人，终究不能算是美德。

因为慈悲所以懂得，如来知晓猴子初出茅庐，是一个初来乍到者。如来碰到初来者，"宏量与宇宙同宽，旷心同江海齐流"。如来就是如来。

7. 好一个"安天大会"

如来收伏猴子后,天庭举办了"安天大会"。这一场庆功会,场面之大,规格之高,可以说是空前的。三清、四御、五老、六司、七元、八极、九曜、十都,千真万圣都来赴会了。

整个一部《西游记》,场面最为隆重的就是这个"安天大会"了。作者为什么花如此多的笔墨来表现这场盛会呢?

因为这场盛会意义重大。

猴子被压在五行山下,天庭挽回了尊严,必须要开一次新闻发布会,让各部门的一把手知晓,天庭作为"中央政府",其威权是不可动摇的。此其一。

其二,小说写道,如来对玉帝奉谢圣筵的态度"不敢违悖",即合掌谢道:"老僧承大天尊宣命来此,有何法力?还是天尊与众神洪福。敢劳致谢?"如来为什么"不敢"违悖玉帝的心意?佛至高无上,法力无边,有本事"安天",但佛要传法,打开市场,必须依靠天庭,必须听从天庭的宣命。

神话本质表现的仍然是俗世,俗世是怎样的?任何宗教都必须服从于中央政府的领导。佛教从东汉传入中国以来,历经几百年,直到梁武帝亲自推动佛法,佛法才在中国发扬光大。

"不依国主",难传佛法,在天庭,"玉帝"就是国主。作者此笔其实意在暗示佛法传播的重要门径。后来,唐僧赴西天取经也是奉唐太宗的旨意，这也体现了"中央政府"的重视对弘佛的重要意义。除此之外，这场盛会还有什么意义呢？

我们看到了儒释道三家的空前融合。这可能也是作者重要的写作意图，这场圣宴，各部门一把手全部到齐了。

当然，我们不能忘记"安天"的代价，挑战天威的猴子被压在了五行山下，足以看到这一个人的反抗对三界构成的威胁。

蟠桃大会，不是天庭和众神的享乐大会。尽管小说中作者花了较多的笔墨写蟠桃大会上有多少好吃的。我们必须认识到"安天大会"是一次重要的政治性大会，作者花更多的笔墨写来了哪些重要人物，以及那些重要人物是如何进献佛祖的。它"歌舞升平"的表象深处是一场众神的压惊会、一场新闻发布会。

如此看来，"安天大会"就是一场胜利的大会，玉帝作为一把手要庆功；

这又是一场团结的大会，众神们必须知晓，天帝不可挑衅；

这又是一场奋进的大会，如来依靠这次大会，借助八方的力量弘扬佛法；

这又是一次集人气的大会，从此三界所有的一把手都知道了这个面对如来不卑不亢、能与如来平起平坐斗法的齐天大圣。

"安天大会"这个名称是谁起的？小说是这样写的：

> 如来领众神之托曰："今欲立名，可作个'安天大会'。"各仙老异口同声，俱道："好个'安天大会'！好个'安天大会'！"

如来真是"当仁不让"。从这个角度而言，那只犯上作乱的猴子，也给了佛立"威"、立"信"的机会。

造就英雄的是对手

当初猴子到天庭出任一个"弼马温",上天欺的是他初来乍到的无知,后来上天给猴子封个"齐天大圣",哄的是他少有经历的天真。

对付猴子的最好办法就是让他永远天真下去。这份天真是怎样的呢?

第五回开篇是这样说的:

> 话表齐天大圣到底是个妖猴,更不知官衔品从,也不较俸禄高低,但只注名罢了。……只知日食三餐,夜眠一榻,无事牵萦,自由自在。闲时节会友游宫,交朋结义。见三清,称个"老"字;逢四帝,道个"陛下"。与那九曜星、五方将、二十八宿、四大天王、十二元辰、五方五老、普天星相、河汉群神,俱只以弟兄相待,彼此称呼。今日东游,明朝西荡,云去云来,行踪不定。

可是半路上偏偏就杀出一个叫许旌阳的不够天真的真人。这个许旌阳就是"一人得道",让他全家——就连鸡犬都一起升天的人。许旌阳以小人之心度猴子之腹,出于对猴子的嫉妒,给猴子狠狠参了一本:

> "今有齐天大圣,无事闲游,结交天上众星宿,不论高低,俱称朋友。恐后闲中生事。不若与他一件事管,庶免别

生事端。"

大圣府设宁神司、安静司,无事闲游,没有闯祸,应该已经达到了宁静和安神的目的了,这对天下实在是一件万万大吉的事情。

可这个许真人参的一本,启动了一个非常重要的机关。本来孙悟空不知官衔品从,不较俸禄高低,现在他被大家设局构陷去了蟠桃园,猴子天性就经不起蟠桃的诱惑,必会偷吃犯错,是人都知道,神不可能不知。问题还在这个蟠桃园和蟠桃会直接发生了关系,蟠桃会的与会名单公然挑衅了大圣,一下子让这个跟众仙称兄道弟的猴子面子全无。

也就是说,悟空识破了自己被"哄"的真相。这一识破就出洋相了。

如此珍贵的蟠桃,大仙们没享用,你猴子把最好的吃了,玉帝老爷认为乱了等级。

赤脚大仙这样的尊贵客人,你居然借我之名,哄他去了别处,真是乱了等级,玉帝老爷"大惊"。

盗饮御酒,还到三十三重天的兜率宫盗走了给众神特供的仙丹,又是乱了等级,玉帝老爷"悚惧"。

搅乱天宫,乱了等级,又无法自控,玉帝老爷"大恼",面子全无,骑虎难下,只得发十万天兵,捉拿妖猴,挽回尊严。

这是一场不对等的战争。十万天兵,菩萨帮助,跟玉皇大帝素有矛盾的居灌州灌江口的二郎神也搁置争议去降伏猴子。

当然,这场战争最终以天庭很不光彩的局面收场。

猴子是在什么情况下被擒的?众天兵布罗网,李天王与哪吒于空中擎妖镜,玉帝、王母、太上老君等围观鼓士气。最后太上老君以极不光彩的手段,在大圣与二郎神激战时用暗器"金刚琢"打了大圣的天灵，才趁猴子立脚不稳的时候，七圣捆绑，还用勾刀穿了猴子的琵琶骨。

这场战争，猴子输得很光彩，输得美名远扬，输得为自己攒了很多人气。

二郎神对打赢这场战争的思考是比较理性的。伏了妖猴，众圣向二郎神贺喜，都道："此小圣之功也。"二郎神道："此乃天尊洪福，众圣威权，我何功之有？"

二郎真君前半句是马屁，后半句是真话。

《西游记》的作者对这场战争的评价是比较客观的。第六回结束，他写道：

> 正是：欺诳今遭刑宪苦，英雄气概等时休。

对手的力量之强，数量之巨，手段之诈，成就了猴子英雄的美名，也成了猴子未来一路保唐僧西行的重要资本。自此，"五百年前大闹天宫的齐天大圣"成为众人皆知、邪魔鬼祟闻风丧胆的广告语。

谁说失败不好！关键要看你败给谁，刑天败给黄帝，猴子败给十万天兵，就是资本。

阿 Q 败给小 D，便是耻辱，只能是永远的笑料。

9. 各有前科各有福

西行路上的取经人，个个都有前科，都有辉煌的背景。

唐僧是如来第二个徒弟金蝉子转世。《西游记》第一百回如来给唐僧封佛：

"圣僧，汝前世原是我之二徒，名唤金蝉子。因为汝不听说法，轻慢吾之大教，故贬汝之真灵，转生东土。今喜皈依，秉我迦持，又乘吾教，取去真经，甚有功果，加升大职正果，汝为旃檀功德佛。"

金蝉子究竟犯了什么错？

也就是我们凡人常犯的错。《西游记》第八十一回，唐僧在镇海禅寺生了三天的病，悟空说，这病根是金蝉子听如来说法打盹，还失脚踩了一粒米。打个盹，踩了一粒米，真算不了什么，但以小见大，可见金蝉子的慧根是不够的，他必须下凡投胎历劫，方能修成正果。

唐僧是幸运的，前生颇为辉煌，如来的弟子，和观音是同学，盂兰盆会上是递茶斟水的服务生，与镇元大仙等非同一般的人物都有过结交，见过大世面，于是西天取经的重任落在他的肩上。这样的机遇不是普通人所能拥有的。

唐僧的四个徒弟，个个都是戴罪之身，每个所犯罪责各不相同。

孙悟空乱了西王母的蟠桃会，盗饮三十三重天兜率宫太上老君的仙丹，按天条得在降妖柱斩首，后幸有如来降他，也是救他，在五行山下炼魔五百年，得有机会保唐僧取经，这是大福。

天蓬元帅，身份尊贵。尊贵到何种程度？他的九齿钉钯是太上老君亲自一锤锤打出来的，他得道的原因是吃了九转大还丹，也就是说，他的师父也是一个非同一般的人物。作为天蓬元帅，他也属于蟠桃会、龙华会受邀的贵宾。遗憾的是，天蓬元帅的修炼走的还是捷径，酒后前世好色的本性还是暴露了出来，带酒戏弄了嫦娥，按天庭律法，理当问斩，因太白金星的求情而被打了两千锤，贬下凡尘。

白龙马，是小白龙化身，他是西海龙王敖闰之子，因纵火烧了殿上明珠，他自己的亲生父亲大义灭亲，到天庭告了个忤逆罪，被吊在空中，打了三百下，按天条得斩首，后经观音求情，做取经人的脚力，因此得救。

以上人等，有过错，似乎都不可饶恕。读者常常一厢情愿地认为只有沙僧所犯错误似乎可饶恕。

卷帘大将在天庭是负责给玉帝的銮舆掀帘子的，他的本职工作其实是一个随车出行的跟班。我们可能会认为，这只是一个给总统开车门的人。但如若我们仔细观察，就能发现，能给总统开车门的人，其实全都是一流的保镖，就是贴身侍卫。所以卷帘大将的地位和重要性非同一般。

《西游记》第二十二回，八戒和卷帘大将大战，身为河妖的卷帘大将自报其辉煌的身世：

南天门里我为尊，灵霄殿前吾称上。

腰间悬挂虎头牌，手中执定降妖杖。

头顶金盔晃日光，身披铠甲明霞亮。

往来护驾我当先,出入随朝予在上。

贴身侍卫,理当思维缜密,考虑周全,做事滴水不漏。这样的职业,有错,就是大错。他犯的罪是在蟠桃大会上打碎了玻璃盏。

玻璃盏又叫琉璃灯。

读者也许认为,不就是打破一个玻璃盏吗,怎就给了他如此重的刑罚——锤打八百下后,贬下凡间为妖,每七天要受飞剑穿肋百余下的痛苦?(这类似于希腊神话中为人类盗取火种的普罗米修斯所受的鹰啄之苦。)

问题在于卷帘大将打破玻璃盏是在天庭西王母主办的隆重的蟠桃会上,这会相当于大型的国际会议,周围的宾客尽是一把手,打破瞬间"天神个个魂飞丧"。所以,从政治的角度来看,这是一个极其严重的问题。再加上,玻璃也就是琉璃,在当时比黄金要珍贵得多。还有一种可能,这个琉璃盏很可能是西天佛祖所献,意义深远。

所以,无论从哪个角度来看,打破玻璃盏这个罪责定是不轻的,是该斩首的,现场因为赤脚大仙的越班启奏,才让他贬到人间流沙河里为妖。

纵观唐僧及他的徒弟们的过错,唐僧是信仰不坚定,悟空是挑战权威,八戒是好色,沙僧是本职工作严重失误,小白龙是忤逆。他们的错误都是坐实的,都得将功补过,共同修八十一个学分,方得正果。他们也都是有福之人,普通人想成正果还无门,他们因为背景非凡,有人点化,福分非凡。

10. 泾河龙王的命运

弱势的泾河龙王，因保护水族与袁守诚赌雨，欲置袁守诚于死地。为了赌胜，他故意乱了布云、发雷、落雨的时辰，还克了三寸八点雨，因此违了玉帝的旨意，犯了天条，玉帝钦定唐太宗的爱臣魏征将之处斩。泾河龙王找唐太宗"开后门"救他，也算是找对了人。唐太宗故意拉魏征下棋，好掣住他去斩龙。

此处，魏征是天命难违，唐太宗对泾河龙王是承诺在先，君子一言，驷马难追。

于是君臣之间就开始了一场"博弈"。

为了更好地表现这场君臣之间的博弈，作者在第十回开篇全文引用了《烂柯经》，这在构思上，实在是用心良苦。

> 博弈之道，贵乎严谨。高者在腹，下者在边，中者在角，此棋家之常法。法曰："宁输一子，不失一先……"

结果，魏征"宁输一子，不失一先"，在与唐太宗对弈的一个盹工夫就在梦中把泾河龙王的脑袋砍了下来，完成了天命。

泾河龙王这个"后门"开得很失败，毕竟，天子不是玉帝。于是，泾河龙王的冤魂就来索唐太宗的命。

唐太宗到地府，带了封魏征的信，同样是"开后门"的信。

唐太宗的阳寿注定在贞观一十三年结束，与魏征生前私交甚厚的崔判官"急取浓墨大笔，将'一'字上添了两画"，这样

"贞观一十三年"变成了"贞观三十三年",唐太宗就多了二十年的阳寿。非但如此,崔判官还动用了别人的银子,替唐太宗在"枉死城"打点了那些因枉死而无收无管、不得超生的鬼魅。

《西游记》的作者简直是幽了天下一默。

袁守诚透露天机,逍遥法外。

弱势的泾河龙王,因"三寸八点雨"的计较人头落地。

强势的唐太宗及崔判官人等,篡改生死簿,挪用别人的钱财,照样自在。

这种不公平在现实生活中是客观存在的。我们只能说,"违法"确实有运气的成分在。所以我们不得不承认《西游记》这部小说,有讽世的一面。

整个一部《西游记》似乎也在警示世人,你在做事之前一定要认清你是谁,要计算一下违法的成本——这当然是一个充满负能量的荒唐逻辑。

白骨精、蜘蛛精、狐狸精、六耳猕猴等,他们个个没有后台老板,一棒打死,变成肉酱,就是他们的违法成本。佛菩萨众仙的坐骑或童子违法,最终的待遇均是打回原形。

现实是,佛法之外还有世故,天条之上也有人情。

所以,齐天大圣能逃问斩,佛祖让他在五行山下炼却魔性;天蓬元帅能不问斩,有太白金星为他求情;卷帘大将失手打碎琉璃灯,按律当斩,有赤脚大仙为他求情。他们都是幸运的。

只有泾河龙王,真是倒霉蛋一个。

这个世界上,多的是泾河龙王这样的倒霉蛋,所以小人物千万不可寄希望于法律之外的人情。老老实实做人才是本分。

不过,大人物违法不是不报,或许是时辰未到。天地之间,日月昭昭,谁也逃不了"因果"这部根本大法。

11. 好一个从容自尽

《西游记》第八回后是附录《陈光蕊赴任逢灾 江流僧复仇报本》，这章节结尾，陈光蕊死而复生且还被朝廷重用，全家人报了深仇大恨，回到京城在相府隆重举行了团圆大会，真正是阖家欢乐。后来朝廷让陈光蕊做了随朝理政，江流儿到洪福寺内修行。

这个时候，让读者不痛快的是，"后来殷小姐毕竟从容自尽"。

何为从容？就是不慌不忙，很镇定，心甘情愿，没有任何人逼她就自尽了。

这个殷小姐苦日子到了头，好日子已经开始了，为什么要自尽？小说写陈光蕊复活后又是贺喜，又是团圆会，结果，殷小姐自尽，作者没说大家是如何伤心。

这一"生"一"死"的对比，让读者心都凉了。

但在当时，殷小姐真是该死，这个相府小姐在大团圆后，只有死路一条。

有读者问我，如果殷小姐贪生怕死，不想死，坚守"好死不如赖活"的信条会怎么样？

我们可以设计这样的情节：殷小姐想跟陈光蕊过之前新婚宴尔的生活，结果陈光蕊作为随朝理政，他总是窝在办公室不回家，他总推说政事繁忙。他内心深处是抵触和殷小姐在一起的。

因为在他"死"期间,殷小姐毕竟做了强盗的妻子,无论当初她如何为大局考虑,一女事二夫,这就是罪,是洗不清的罪责。

我们还可以设计这样的情节:殷宰相自从女儿归家,经历了短暂的快乐后,心情一直很郁闷,他头顶上天天盘旋着这样的话:"失节事大,饿死事小。"他会想,这个已经失了节的女儿,为什么没有死呢?于是他就这么闷闷不乐。他的不乐,殷小姐看在眼里,想在心里。

更何况,殷小姐本人也是认可封建礼教的。她也是一个"深明大义"的人。

附录中写道,当陈光蕊沉江后,"却说殷小姐痛恨刘贼,恨不食肉寝皮,只因身怀有孕,未知男女,万不得已,权且勉强相从"。此话背后的内容是,如果殷小姐当时能够晓得自己身怀的是女孩,那么她就不会从刘贼,她也就找个机会一死了之了。

殷小姐就是一个封建礼教的笃守者。礼教中女子是没有地位的,女子失节,就是"死",只有死才能拯救自己的灵魂,也只有死才能纯净宰相府的门楣,才能为自己赢得一个"烈女"的美名。

这在今天的读者看来,简直是混账逻辑。但在唐王的时代,殷小姐的从容自尽,实在是最好的选择。

历史往前推到秦末,项羽兵败垓下,四面楚歌。面对滚滚乌江,项羽最放心不下虞姬,于是他高歌一曲《垓下歌》:

　　力拔山兮气盖世。
　　时不利兮骓不逝。
　　骓不逝兮可奈何!
　　虞兮虞兮奈若何!

作为"英雄"的项羽,也算读了点儒家的书,在穷途末路,他最放心不下的是虞姬的归宿。

虞姬是冰雪聪明的女子,她深爱项羽,深刻领会《垓下歌》,引颈自刎。项大哥这才放心,这姑娘,生是他的人,死是他的鬼,他可以丢江山,但绝不能让刘邦占了他女人的便宜。

印度女学者布塔利亚·乌瓦什在《沉默的另一面》中,记述了1947年,随着印度和巴基斯坦分治和独立建国,巴基斯坦旁遮普省发生了一场大规模的流血冲突,在这次冲突中,男子为防止妻女被玷污,大批妇女被男性亲属亲手杀死。在一个叫锡克的村子,90个女人为保持自己身体的"纯净",心甘情愿集体投井。90个女人心甘情愿把井都填满了,以致让3个人还"不幸"地死不成。

1947年,其实离我们并不遥远。男性的洁癖对女性的伤害,令人发指。

"后来殷小姐毕竟从容自尽。"真是一句屁话。

细读《西游记》后,我们还是为殷小姐感到委屈。高老庄的高小姐,被猪八戒掳去,做了媳妇,唐僧收了老猪,高小姐得以解脱,后来高小姐没有从容自尽。金圣宫娘娘被人掳去,妖怪却没法近她的身,因为菩萨给了她一个带刺的手环。

我在想,这个殷小姐,被强盗掳去,菩萨为什么不给她一个手环防防身呢?

12. 死过一回的唐王

《西游记》第十一回,唐太宗去了三天阴曹地府,等于是去进修了一回。回来后,他大发慈悲,发了一道榜文:

> 乾坤浩大,日月照鉴分明;宇宙宽洪,天地不容奸党。使心用术,果报只在今生;善布浅求,获福休言后世。千般巧计,不如本分为人;万种强徒,争似随缘节俭。心行慈善,何须努力看经?意欲损人,空读如来一藏!

读《西游记》时,很多人往往忙于看情节,沉浸在愉悦的阅读体验中,被情节一路绑架着读下去,这种只是娱情的阅读,当然我们也不反对。

但当我们的阅读只沉溺在娱情中的时候,阅读往往就很难让我们的精神成长起来,我们就沦为一个普通的读者。《西游记》作为一部神话小说,其中看似可以隐去的大量诗文或引文,其实大多具有教化的力量。

一个死过一回的帝王,会发生怎样的变化呢?从榜文中,我们能看出他最大的悟处在最末一句:"心行慈善,何须努力看经?意欲损人,空读如来一藏!"

死过一回的唐王,变得有情了。本该绞斩的罪人,允许回家拜辞父母兄弟,让他们把自己分内的财产安置好后,再来领受应有的罪责。帝王的有情,对百姓而言非常可贵,法自有度,法里其实有情，纯粹的法治是冰冷的，一个被"死神"感化过的帝王，不应该沦为一个暴君。

帝王是无情的。玄武门之变他杀了两个亲兄弟，沙场上无论"敌我"，为他而死者无数，一将功成万骨枯，一帝功成，何止万骨？他在地下看到了那些冤魂，都在问他"要命"。帝王，可以封疆列土，这封疆列土，不代表真正的"情"。

死过一回的唐王变得节制了。宫中三千的怨女，不再占为己有，放出宫去，出旨配军，让她们各组各的家庭。中国历代帝王后宫佳丽三千，充分表现出了帝王的非节制意识，而这种已经被普世认可的非节制意识，老百姓是改变不了的，改变的唯一方法是让他死一次。

死过一回的唐王变得守信了。他在阴司曾答应给十代冥王送的人情——"南瓜"，即发榜文着人送去。"南瓜"实在是微不足道的东西，着人送瓜，在我们读者看来滑稽可笑。历代帝王对百姓大凡极尽笼络之心，稀有由衷的初心，死过一回的唐王，真是言而有信的君子。

死过一回的唐王，变得死心塌地了。他要做水陆道场，着人超度亡灵。也就是说，他有了除权力之外的信仰。这很重要，如来希望有人到他那边去取真经。几个和尚自发地去取经，没有国主的旨意，难免有风险，后面流沙河沙悟净吃了九个取经和尚，便是实证。

唐僧西天取经，在国际上为什么会得到空前的尊重？"我奉唐王陛下，到西天求取真经。"唐僧是依国主取经，所以大家都愿意在通关文牒上盖上大印。

"西天取经"必须是国家意志，不依国主，难传佛教。"死"是绑架国主的唯一方式，老百姓是无法在帝王的脑子里植入信念的。老百姓要改变帝王信念，只有起义，幸运的话，就是灭了他，改朝换代。在历史上，改变帝王信念依靠的从来就是枪炮。

　　死而复生让信道炼丹的唐王信了佛，这是西天的一个"局"。在这个局里，一个渔翁、一个樵子、泾河龙王、袁守诚、魏征、十代冥王，是重要的演出单位。出局的死棋只有一个，那就是可怜的"泾河龙王"。

13. 紧箍咒的存在意义

唐僧作为西天取经路上的一把手,他的权威性要得到巩固,在某种程度上依靠的是紧箍,紧箍就是迫不得已时的撒手锏,也是那个一把手处理人民内部矛盾时简单的手法。

紧箍长在肉里,有咒语。不念咒的时候有震慑作用,念咒的时候有惩戒作用。

但在《西游记》里,唐僧每念一次咒,在读者的眼里,这个唐三藏的威信似乎就降低一些。

戴紧箍是观音和唐僧一起给猴子设的陷阱。

当猴子把一顶漂亮的嵌金花帽戴上以后,紧箍就长在肉里取不下来了。唐僧第一次念咒,是出于物理实验,看看这紧箍咒灵不灵,果然不错;第二次念咒是猴子不信这紧箍咒这么灵,于是再次做了一回物理实验,果然灵光;第三次念咒是猴子被紧箍陷害,怨气冲天,欲用金箍棒打唐僧,唐僧又念了两三遍。

三次物理实验下来,猴子就服了。

唐僧起始的领导地位是怎么确立的?那就是掌握了紧箍咒,而非人格魅力,这是让我们读者感到失望的地方。

第二十七回《尸魔三戏唐三藏 圣僧恨逐美猴王》,唐僧又念了两次紧箍咒,孙悟空打死白骨精变化的女子,唐僧肉眼无法识妖,八戒栽赃说猴子用的是障眼法,唐僧恨猴子打死人,念了紧箍咒。后来白骨精变成老妇,猴子又把她给打死了,唐僧听信八戒说猴子是滥杀无辜,就不分青红皂白,又念了二十遍紧箍咒。

第二十七回的两次念咒,真正表现了"人间正道是沧桑",唐僧作为取经团队的一把手,别无本事,掌握着"紧箍咒"这一撒手锏,美猴王纵有火眼金睛,也无法左右被"猪油蒙了心肝"的唐僧。

在乌鸡国,唐僧受猪八戒唆使,强迫孙悟空救乌鸡国国王,又动用了一次象征专政的紧箍咒,逼得孙悟空想尽办法到太上老君那边要了还魂丹,救了乌鸡国国王。

后乌鸡国假国王变成唐僧,让读者更为伤心的是,为了区分真假两个唐僧,八戒出了馊主意。

八戒笑道:"哥啊,说我呆,你比我又呆哩!师父既不认得,何劳费力?你且忍些头疼,叫我师父念念那话儿,我与沙僧各挽一个听着。若不会念的,必是妖怪,有何难也?"
行者道:"兄弟,亏你也。正是,那话儿只有三人记得。原是我佛如来心苗上所发,传与观世音菩萨,菩萨又传与我师父,便再没人知道。——也罢,师父,念念。"

于是两个唐僧各念紧箍咒,这"真假"的区分,还是建立在能人的痛苦之上的。

后来,为了区别孙悟空和六耳猕猴,唐僧用的方法还是念紧箍咒,结果这方法让猴子痛苦后,并不灵验。

这紧箍咒此外的功能是把猴子的潜力开发出来了,算是有一点积极意义,但这点积极意义也是建立在能人的痛苦之上的。

说到底,这紧箍咒,只是给了唐僧这个一把手以方便。

通观《西游记》全篇,这紧箍存在的意义是唐僧想在西行路上大搞"精神文明建设",这紧箍起到的作用还真让读者寒心。

但读者也可以想想,假如没有紧箍,凭唐僧蹩脚的管理艺术,他能控制局面吗?这显然是个问题。

14. 六贼无踪的果报

《西游记》第十四回《心猿归正　六贼无踪》。

孙悟空从五行山下出来后，陪唐僧历的第一个劫是碰到了六个剪径的强盗。这六个强盗的名字很有意思，唤作眼看喜、耳听怒、鼻嗅爱、舌尝思、意见欲、身本忧。

这六个强盗呼应的是人的六种欲望，分别是：眼、耳、鼻、舌、意、身。具体而言，我们凡人，眼睛喜欢姹紫嫣红，耳朵沉醉靡靡之音，鼻子留恋郁郁芳香，舌头常思山珍海味，脑子常常浮想联翩，身体沦落于多情欲海。

这六个强盗躲在我们每一个人的心里，所以这六种欲望必须消灭。

怎么消灭藏在我们身体里的六个强盗呢？唯一的方法是"空"，只有"空"是无敌的。我们来看六个盗贼和"悟空"是怎么较量的。

> 悟空笑道："原来是六个毛贼！你却不认得我这出家人是你的主人公，你倒来挡路。把那打劫的珍宝拿出来，我与你作七分儿均分，饶了你罢！"那贼闻言，喜的喜，怒的怒，爱的爱，思的思，忧的忧，欲的欲，一齐上前乱嚷道："这和尚无礼！你的东西全然没有，转来和我等要分东西！"他抡枪舞剑，一拥前来，照行者劈头乱砍，乒乒乓乓，砍有七

八十下。悟空停立中间,只当不知。那贼道:"好和尚!真个的头硬!"

六欲的主人公是谁?当然是"空",所以六贼面对"悟空""乒乒乓乓,砍有七八十下。悟空停立中间,只当不知"。这就道出了只有"空"才能无欲则刚的道理。

可是孙悟空把现实中的六个贼人灭了,却遭到肉眼凡胎的唐僧的责怪。

三藏道:"你十分撞祸!他虽是剪径的强徒,就是拿到官司,也不该死罪;你纵有手段,只可退他去便了,怎么就都打死?这却是无故伤人的性命,如何做得和尚?出家人'扫地恐伤蝼蚁命,爱惜飞蛾纱罩灯'。你怎么不分皂白,一顿打死?全无一点慈悲好善之心!早还是山野中无人查考;若到城市,倘有人一时冲撞了你,你也行凶,执着棍子乱打伤人,我可做得白客,怎能脱身?"悟空道:"师父,我若不打死他,他却要打死你哩。"三藏道:"我这出家人,宁死决不敢行凶。我就死,也只是一身,你却杀了他六人,如何理说?此事若告到官,就是你老子做官,也说不过去。"

唐僧的责骂很有意思。"早还是山野中无人查考",意思是,幸亏这里没有官府找上门来。一个高僧,话里却有逃脱罪责的侥幸,"若到城市……我可做得白客,怎能脱身?"作为西行路上的"法人",高僧只想着自己脱身,没有一点担当精神,未免让人心寒。

唐僧的一席责难之词让"悟空"一气之下,"怒"贼作祟,干脆就到龙王那里喝茶去了。

可见,面对做了好事也得不到好报的结局,孙悟空自己也"空"不了。

除六贼的结局是悟空还是回到了唐僧身边，而且戴上了紧箍，五百年前大闹天宫的齐天大圣"逃不了如来佛的手掌心"，而今孙行者因为见肉生根的紧箍，再也逃不出唐僧的手掌心。

　　这就是孙悟空随唐僧西行初次历劫得到的果报。

　　有点发噱，有点讽刺。

15. 猴子与观音的交集

在《西游记》中,猴子与观音的交集,是非常有趣味的情节。

唐僧的座驾被暂栖鹰愁涧的小白龙吃了。揭谛帮悟空把观音菩萨请来,悟空闻得观音驾到,纵云跳到空中,对她大叫道:

"你这个七佛之师,慈悲的教主!你怎么生方法儿害我!"(指让他戴上了紧箍)

孙悟空骂的是观音虚伪,假慈悲。

菩萨道:"我把你这个大胆的马流,村愚的赤尻!我倒再三尽意,度得个取经人来,叮咛教他救你性命,你怎么不来谢我活命之恩,反来与我嚷闹?"

这段对白的精彩处在于,这就是顽皮的孩子与成人的一段对话。

一个是讽刺挖苦,抬举观音是"七佛之师",挖苦她是"教主"。一个是村妇骂人,"马流""赤尻",尽是揭短且上不了台面的话。

这种看似"凡人"间的争吵,使整部小说充满着亲和性。

观音菩萨,并非是高高在上的,其也有"人"的一面。

观音是猴子的恩人,猴子和观音的交流从来是有商有量,不卑不亢。猴子身上没有半点人的阿谀性、奴性,这就使这只落难的猴子拥有了神性的光辉，也使菩萨拥有了"人性"的亲和。这一切是难能可贵的"天真"。

这份天真，使得猴子身上有了孩子的天性。当观音化龙为马后，悟空就扯住菩萨开始耍孩子脾气了：

"我不去了！我不去了！西方路这等崎岖，保这个凡僧，几时得到？似这等多磨多折，老孙的性命也难全，如何成得甚么功果！我不去了！我不去了！"

面对猴子的小性子，观音做思想工作的策略，先是肯定猴子。

菩萨道："你当年未成人道，且肯尽心修悟；你今日脱了天灾，怎么倒生懒惰？我门中以寂灭成真，须是要信心正果。"

光做思想工作还不行，还要来点实惠的：

"假若到了那伤身苦磨之处，我许你叫天天应，叫地地灵。十分再到那难脱之际，我也亲来救你。你过来，我再赠你一般本事。"菩萨将杨柳叶儿摘下三个，放在行者的脑后，喝声"变！"即变做三根救命的毫毛，教他："若到那无济无主的时节，可以随机应变，救得你急苦之灾。"

真是会哭的孩子有奶吃。

小说中，观音对悟空的降伏是一步步来的。早先有仇，因为大闹天宫期间，是观音出主意，让二郎真君降齐天大圣的。

大圣压在五行山下，是观音点化，给了他前往西天取经的出路。

猴子有筋斗云的功夫，有七十二般变化，但猴子本事再大也无法知往鉴来，猴子犯任何错误，观音前后经过了如指掌，这是猴子无法诳骗观音的地方，猴子服了观音。第十七回，黑熊窃了锦襕袈裟，猴子跑去观音处。

> 菩萨问曰："你来何干？"行者道："我师父路遇你的禅院，你受了人间香火，容一个黑熊精在那里邻住，着他偷了我师父袈裟，屡次取讨不与，今特来问你要的。"菩萨道："这猴子说话，这等无状！既是熊精偷了你的袈裟，你怎来问我取讨？都是你这个孽猴大胆，将宝贝卖弄，拿与小人看见，你却又行凶，唤风发火，烧了我的留云下院，反来我处放刁！"行者见菩萨说出这话，知他晓得过去未来之事，慌忙礼拜道："菩萨，乞恕弟子之罪，果是这般这等。但恨那怪物不肯与我袈裟，师父又要念那话儿咒语，老孙忍不得头疼，故此来拜烦菩萨。望菩萨慈悲之心，助我去拿那妖精，取衣西进也。"

观音，能观世音，你求她，她自在。这一点，猴子自然远远不及她。

猴子在五庄观推倒人参果树，只有观音才能让人参果树起死回生，猴子本事再大，也提不起"转过了三江五湖，八海四渎，溪源潭洞之间"的净瓶，这就是观音的实力。

因此，《西游记》中猴子与观音的交集，既是猴子长见识的过程，也是我们读者长见识的过程。

16. 一袭袈裟见人心

唐僧随身带有如来给的两件宝物，一件为九环锡杖，一件为压箱底的锦襕袈裟。围绕锦襕袈裟，有好多趣事。

观音和木叉化身两个癞和尚，意欲借卖锦襕袈裟和九环锡杖寻找取经人。上等的宝贝出自两个癞和尚之手，愚僧狗眼看人低，不识宝，只道：

"这两个癞和尚是疯子！是傻子！这两件粗物，就卖得七千两银子，只是除非穿上身长生不老，就得作佛作祖，也值不得这许多……"

在不识宝的愚僧眼里，作佛作祖也不值七千两银子。从中我们至少可知，佛教在当时不为人看重。

宰相和唐太宗是识宝之人，他们也只是问"要价几何"。

而菩萨在乎的是，拥有这件袈裟者，必须"承受得起"：

"承受得起，我将袈裟、锡杖，情愿送他，与我结个善缘，这便是不要钱。"

关于这件袈裟，小说第十二回用了大量笔墨，借观音菩萨之口道出了其作用和材质：

"这袈裟，龙披一缕，免大鹏吞噬之灾；鹤挂一丝，得超凡入圣之妙。但坐处，有万神朝礼；凡举动，有七佛随身。

这袈裟是冰蚕造炼抽丝,巧匠翻腾为线。仙娥织就,神女机成……"

在第十六回,观音院的金池长老见了那袈裟动了痴心、贪心、占有心、奸心、杀心,得到的果报就是"死"。正印证了这袈裟"不是真身不敢穿"。

孙悟空,因这件袈裟不听唐僧规劝,与金池斗富,惹下一难,结果是受了唐僧的紧箍咒。

这件袈裟让黑风山的熊黑怪进入了观音的视野。熊黑怪委实是识宝之人,要比之前的愚僧、萧宰相等均器重这件宝贝,以至于偷得袈裟后,要在"母难日"举行佛衣会。熊黑怪因这件袈裟得了实惠——被观音收到落伽山紫竹林做了个守山大王。

第十七回有几个细节值得关注:

细节一,孙悟空化作金池长老到黑风洞,见那二门上有一联对子,写着:"静隐深山无俗虑,幽居仙洞乐天真。"行者暗道:"这厮也是个脱垢离尘,知命的怪物。"

细节二,观音院院主有言:"老爷,我师父是人;只因那黑大王修成人道,常来寺里与我师父讲经……"说明修成人道的黑熊与佛有缘。

细节三,观音菩萨听从悟空的计策,化作凌虚仙长,径到妖洞门口时,见到这样的情景:

崖深岫险,云生岭上;柏苍松翠,风飒林间。崖深岫险,果是妖邪出没人烟少;柏苍松翠,也可仙真修隐道情多。山有涧,涧有泉,潺潺流水咽鸣琴,便堪洗耳;崖有鹿,林有鹤,幽幽仙籁动闲岑,亦可赏心。这是妖仙有分降菩提,弘誓无边垂恻隐。

菩萨看了,心中暗喜道:"这孽畜占了这座山洞,却是也有些道分。"因此心已此有个慈悲。

熊罴凭啥因此得了善报？他是得了人道的妖，有孝道的妖，他脱离了尘垢，有佛缘，有文化，有武功。当然，他也是一个有贪心的妖，金无足赤，他毕竟是一个人才。

菩萨化作凌虚仙长的时候，悟空对观音的变化有过一段打趣的话：

> 行者看道："妙啊！妙啊！还是妖精菩萨，还是菩萨妖精？"菩萨笑道："悟空，菩萨、妖精，总是一念。若论本来，皆属无有。"行者心下顿悟……

因为懂得，所以慈悲啊！

不知读者诸君是否懂了菩萨对黑熊的慈悲？

17. 金池长老的执着心

《西游记》第十六回,唐僧和悟空借宿观音禅院,这里的方丈金池长老是一个收藏爱好者。用现在时髦的说法,他是一个玩家。他给唐僧献茶用的器具极其讲究,茶钟是法蓝镶金的,托盘是羊脂白玉的,壶是白铜的。这长老在观音禅院做了二百五六十年和尚,收藏了七八百件袈裟。那么多袈裟放到今天可以去参加米兰国际时装节了。

这个长老,空修了二百多年,对宝贝仍然如痴如狂。他先是骗得唐僧的锦襕袈裟,然后拿在灯下,对着袈裟号啕痛哭。手下两个小和尚,一个叫广智,一个叫广谋,为得到唐僧的袈裟,一个出主意杀了唐僧师徒,一个出主意烧死唐僧师徒。

金池长老全然不顾佛法教义,真可谓玩物之贪心到了癫狂状态,又是丧志,又是丧德。

南怀瑾先生曾经讲过一个佛门故事:

> 有一位法师一辈子做好事、做功德、盖庙子、讲经说法,自己虽没有打坐、修行,可是他功德仍然很大。年纪大了,就看到两个小鬼来捉他,小鬼在阎王那里拿了拘票,还带个刑具——手铐。这个法师说:我们打个商量好不好?我出家一辈子,只做了功德,没有修持,你给我七天假,七天打坐修成功了,先度你们两个,再度你们老板,阎王我也去

度他。那两个小鬼被他说动了，就答应了。这个法师以他平常的德行，一上座就万念放下了，庙子也不修了，什么也不干了，三天以后，无我相，无人相，无众生相，什么都没有，就是一片光明。这两个小鬼第七天来了，看见一片光明却找不到他了。完了，上当了！这两个小鬼说：大和尚你总要慈悲呀！说话要有信用，你说要度我们两个的，不然我们回到地狱去要坐牢啊！法师大定了，没有听见，也不管。两个小鬼就商量，怎么办呢？只见这个光里还有一丝黑影。有办法了！这个和尚还有一点不了道，还有一点乌的，那是不了之处。因为这位和尚功德大，皇帝聘他为国师，送给他一个紫金钵盂和一件金缕袈裟。这个法师什么都无所谓，但很喜欢这个紫金钵盂，连打坐也端在手上，万缘放下，只有钵盂还拿着。两个小鬼看出来了，他什么都没有了，只这一点贪念还在。于是两个小鬼就变成老鼠，去咬这个钵盂，卡啦卡啦一咬，和尚动念了，一动念光没有了，就现出身来，他俩立刻用手铐把他铐上。和尚很奇怪，以为自己没有得道，小鬼就说明经过，和尚听了，把紫金钵盂往地上一摔，好了！我跟你们一起见阎王去吧！这么一下子，两个小鬼也开悟了。就是这一个故事，说明除贪之难。

　　南师所讲的故事里的主人公，本来修到什么都"空"的境界了，却因为一个宝贝，有那么一点贪念，暴露了人生的"一丝黑影""一点乌"，最后还是前功尽弃。而金池长老，虽说修了点长生伎俩，但执着于宝贝的贪婪之心，比他的邻居熊黑怪更甚，焉有不下地狱之理。

　　金池长老的遭遇还让我们想到了《红楼梦》中妙玉的遭遇。妙玉作为一个出家人，在贾家家庙栊翠庵里，收藏有各色精致的茶具，其招待客人，茶具茶品茶水因人而异。过分讲究的茶具表现了她的执着心，因人而异则表现了她的分别心，刘姥姥吃过的那只成窑杯，妙玉嫌脏不要了。妙玉学佛，要紧处，却完全违背了佛之要义，可以说学得黑咕隆咚。小说最后写其被强盗掳去，她的命运真是"欲洁何曾洁，云空未必空；可怜金玉质，终陷淖泥中"。

这些教训，给我们的提醒是，人生学来学去，只要贪心、执着心还在，那么，拥有再广大的智、再广大的谋，也无益于我们的成长。

广智、广谋，真是两个扯淡的极具讽刺意味的小和尚，智谋用错了地方，成事不足，败事有余。

18. 不可忽略的自然教化

很多人在阅读小说的时候，往往沉浸在情节当中，看见大段大段的自然环境描写就会绕过去。

伟大的俄罗斯文学中，大师们常常对自然环境描写不吝笔墨，作家以大手笔所写之景，其生命力赛过一流的风景画。英国作家夏洛蒂·勃朗特的《简·爱》中，大段的风景描写同样煊照人心。鲁迅先生的小说《社戏》里，江南农村的月夜美景，可以如水墨一般洇晕到人的灵魂里。

四大名著之一的《西游记》中，自然环境描写无论是从分量上还是从功力上看，皆远远胜出《三国演义》《水浒传》等。

我们常常精于人事，但清醒后才明白，其实大自然往往更有魅力。如果我们放弃阅读《西游记》的自然环境描写，就根本无法领略小说的完整风光。

我们阅读《西游记》的时候，理应在风景里逗留。

烟霞渺渺，松柏森森。烟霞渺渺采盈门，松柏森森青绕户。桥踏枯槎木，峰巅绕薜萝。鸟衔红蕊来云壑，鹿践芳丛上石台。那门前时催花发，风送花香。临堤绿柳转黄鹂，傍岸夭桃翻粉蝶。虽然旷野不堪夸，却赛蓬莱山下景。

这是熊黑怪的居住环境。其实读景就是读人，以上景致已经暗示熊黑怪非凡妖。后续观音为收伏熊黑怪，来到黑风洞，看到这里的美景，就对黑熊动了慈悲心。

是的，风景会让人产生慈悲之心，人类弥足珍贵的情感，其实都来自自然的感化。当人与自然和谐共生的时候，人心就健康了。

古老的神话中，凤凰非梧桐不止，非练实不食，非醴泉不饮。其实这是人类对饮食起居的美好愿景，当这样的愿景很难实现的时候，人的肉体和灵魂都会发生重要问题，所有的社会问题也都会暴露出来。

在《西游记》中，哪一个妖的居住环境可以跟黑熊比？大概也只有石猴的花果山了。

花果山的居住环境，同样是一等一的：

> 势镇汪洋，威宁瑶海。势镇汪洋，潮涌银山鱼入穴；威宁瑶海，波翻雪浪蜃离渊。木火方隅高积土，东海之处耸崇巅。丹崖怪石，削壁奇峰。丹崖上，彩凤双鸣；削壁前，麒麟独卧。峰头时听锦鸡鸣，石窟每观龙出入。林中有寿鹿仙狐，树上有灵禽玄鹤。瑶草奇花不谢，青松翠柏长春。仙桃常结果，修竹每留云。一条涧壑藤萝密，四面原堤草色新。正是百川会处擎天柱，万劫无移大地根。

也只有在这样的环境中，才能孕育天地灵根——猴王。

《西游记》第十七回，猴子为请观音收伏熊罴怪，初到南海，见到的美景是这样的：

> 汪洋海远，水势连天。祥光笼宇宙，瑞气照山川。千层雪浪吼青霄，万叠烟波滔白昼。水飞四野，浪滚周遭。水飞四野振轰雷，浪滚周遭鸣霹雳。休言水势，且看中间。五色朦胧宝叠山，红黄紫皂绿和蓝。才见观音真胜境，试看南海落伽山。

读者试想，在这样的环境中，哪怕做一个普通的打杂人等，也能受到一等一的教化，也能得到一等一的福气，有一等一的胸怀。

读书多少固然重要，但自然环境对人的感化功能，真不可小觑。

现代人居住在钢筋混凝土构造的城市里，读读《西游记》的自然环境描写，赏赏须菩提的居所、大雷音寺的生态，都会让我们的想象插上翅膀，灵魂得到涤荡，我们也能在优美文字构造的自然风光里，"画饼充饥"。

人只要远离了自然，就不称其为人了。不爱山川河流鲜花绿草飞禽走兽的人，是不值得深交的。

19. 猪八戒照镜子——里外都是人

唐僧的取经团队中如果没有猪八戒，会怎么样？

有个女同学是这样回答的，如果西天取经的团队一定要选一名女施主陪同，而猪八戒因为"里外不是人"而被清除出队伍，那她一定不愿意加入取经队伍。

理由是什么？

生活需要有斗争精神、伟大的目标、吃苦耐劳的姿态，但如果缺了"趣味"这一味作料，我们宁可不战争，宁可三天打鱼，两天晒网。

也就是说，西天取经的队伍里，猪八戒是不可或缺的。猪八戒的趣味表现在哪里呢？

一是他跟我们有着一样的惰性。而这惰性与他的勤快是并生的，猪八戒的惰是勤中的自然保护状态。作为高家的女婿，他是十分勤快的，完全可以得一个"五一劳动奖章"。

小说第十八回，老猪与孙悟空变的高家小姐这段话是实情：

"我也曾替你家扫地通沟，搬砖运瓦，筑土打墙，耕田耙地，种麦插秧，创家立业。如今你身上穿的锦，戴的金，四时有花果享用，八节有蔬菜烹煎，你还有那些儿不趁心处，这般短叹长吁，说甚么造化低了！"

小说第十九回，悟空与老高也有一段说辞：

> "你这老儿不知分限。那怪也曾对我说,他虽是食肠大,吃了你家些茶饭,他与你干了许多好事。这几年挣了许多家资,皆是他之力量。他不曾白吃了你东西,问你祛他怎的?据他说,他是一个天神下界,替你巴家做活,又未曾害了你家女儿。想这等一个女婿,也门当户对,不怎么坏了家声,辱了行止。当真的留他也罢。"

老高要着人抓老猪的根本原因,也只是一个名声问题,怕别人说"高家的女婿是一个妖怪"。也就是说,老猪之所以为人不容也只是受舆论影响罢了。在行动上,在"人"看来,他实在没干什么坏事。

猪八戒最伟大的地方,就是他对女性的尊重,在他眼里女性都是好的,都是神圣的。他酒后乱性,称月宫仙子嫦娥"姐姐",行动有乱方寸,但不曾耍强。他对高家小姐,也从不实施家暴,别离高老的时候,他的言语情意绵绵:

> "上复丈母、大姨、二姨并姨夫、姑舅诸亲:我今日去做和尚,不及面辞,休怪。丈人啊,你还好生看待我浑家:只怕我们取不成经时,好来还俗,照旧与你做女婿过活。"

这话纵然是一厢情愿,但对无法被"人"重视的老猪而言,确实是发自内心的。在后来的回目中,猪八戒仍然鲜明地体现了一个善良的、强烈渴望成家的男性形象。猪八戒对美女素来惺惺相惜,从不动粗,因为老猪是一个死心塌地想成家的男人,他想成家的欲望,远远胜过成佛的欲望。读者想想看,他结识法力无限的乌巢禅师,乌巢劝老猪跟他修行,老猪说"我不曾去罢了"。这是什么意思?相当于今天哈佛大学想录取你,你不想去,你一门心思想找个心上人成家。老猪的这份执着心,对广大女性而言,也是感人至深的。谁说娶个美人成家,好好过日子就不是修行呢?

猪八戒外形是丑了点，但他内心的审美是崇高的，这种崇高的审美痴迷让他重见嫦娥时忘了堕为妖怪的教训，这其实就是忘情。我们说，一个看到美女就心软的人，其内心再坏也不可能坏到哪里去。这就是老猪值得敬重的重要原因。

相反，《水浒传》中的武松、宋江等，杀女人，眼睛都不眨一下，实在是无趣之极。宋江还让丑陋的矮脚虎王英娶了貌美如仙的扈三娘，其心理实在扭曲。

当然，猪八戒在西行路上还是暴露出很多缺点的。他喜欢占小便宜，贪嘴，碰到困难总是戏谑着说要散伙，回他的高老庄。这些缺点的存在，跟执着的"圣僧"不就区别开来了吗？跟神妖也区别开来了，这些缺点更趋向于人性的缺点。在高老庄，老高最没面子的是他的女儿嫁给了一个"妖"，但在西行路上，最让我们高兴的是，师徒四人，只有老猪最像"人"，而且最像"人"的老猪，到了西天极乐世界，照样能修成正果，成为"净坛使者"。这不是一生勤快憨厚，有点贪财，有点好色，有点嘴馋，有点牢骚的"人"的成功吗？

从这个角度而言，猪八戒的存在是对我们这些世俗意义上的"人"的安慰，他让我们相信，纵然我们身上有着那么多的不完美，但只要方向明确，我们也是可以修成正果的。

不失趣味，又能修成正果，生命不是更加圆满吗？

读完《西游记》，我甚至愿意相信，菩萨不让老猪成家，是因为老猪一旦成家，实在是个一等一的好男人。但世上多了一个好男人，唐僧西行路上就会少了一个有趣味的猪悟能，这是菩萨万万不愿意的。

因为，西天路上，如果没有一点趣味，哪怕取到了真经，也没有多少意义。

20. 精神明亮地"恨苦修行"

在西行路上,猪八戒对待"修行"的认识是最为中肯的,他没有高大上的说法,很实际,"恨苦修行"倒是真指出了老猪跟随三藏取经的根本原因。

今天,人们对待学习的动机,动不动就浸透着人生,有着远大的目标,但有时候目标再远,对当下认识不清,也会因此荒废了学习。

我们来看老猪是怎么对待跟随唐僧修行的。

三藏闻之道:"悟能,你若是在家心重呵,不是个出家的了,你还回去罢。"那呆子慌得跪下道:"师父,你莫听师兄之言。他有些赃埋人。我不曾报怨甚的,他就说我报怨。我是个直肠的痴汉,我说道肚里饥了,好寻个人家化斋,他就骂我是恋家鬼。师父呵,我受了菩萨的戒行,又承师父怜悯,情愿要伏侍师父往西天去,誓无退悔。这叫做'恨苦修行'。怎的说不是出家的话!"三藏道:"既是如此,你且起来。"

老猪初跟唐僧取经,唐僧作为取经领队,无法让大家吃饱肚子,老猪想找个人家化个斋饭,却被猴子和唐僧说成是"恋家"心重。

"我老猪跟随你到西天去,誓不退悔,我肚子饿,这是实实在在的事情，那是有一说一。我明明白白地告诉你，我是跟定了你，跟你挨饿，我很苦，我这叫'恨苦修行'。我跟你的目的也很明白，是为了离恨，离苦。"这就是一个出家人该说的实话。

出家人"不打诳语"，猪八戒的话，很清醒，实实在在。

我们为什么喜欢猪八戒？那就是这只老猪对自我的认知非常清醒，他真是一个"直肠的痴汉"。他心直口快，没有半点城府，他有小心思，但没有诡计，他的贪婪、好色，都是真性情的表现。

我们认为，这是一只"学习起点"非常清楚的猪，这是一只精神明亮的猪，这也是一只有勇气的猪，跟这样的猪相处，很安全，你明白地晓得要防他什么，他可以做什么。做到"猪"的境界，那么我们离"实事求是"的学习品质不远了。

所以，这只"猪"的道行实在不浅。当初有人传他得道的法门，是因为他这份天真；他酒后乱性，太白金星愿意替他求情，也是因为这份天真；后来菩萨愿意点化他，也是因为这份天真；再后来，神秘的乌巢禅师想让老猪跟他修行，也是因为这份天真。

"天真"是猪八戒的本性，"天真"包含着"缺点"，这些缺点非但没有遮蔽猪八戒的"美"，反而使猪八戒的人气更旺。

人生在世，我们可能都是"恨苦修行"的人。有人因为苦，通过努力学习要走出大山，要离开农村，这跟一路"喊饿"的老猪具有同样的属性，但我们不如猪八戒的地方在于，他愿意带着苦，陪唐僧一路西行，直至最终修成正果。他那份天真可爱，始终不渝。

当取回真经重返西天大雷音寺的时候，他那份孩子气还是没有改变。如来封他是净坛使者，老猪甚是不满：

八戒口中嚷道："他们都成佛，如何把我做个净坛使者？"如来道："因汝口壮身慵，食肠宽大。盖天下四大部洲，瞻仰吾教者甚多，凡诸佛事，教汝净坛，乃是个有受用的品级。如何不好！"

　　现在，大家明白了吧，以前老猪喜欢吃东西叫嘴馋，叫贪，修成正果后，吃享用不尽的美食，叫"净坛"，那"吃"成了一份工作。这是一个天真的精神明亮者"恨苦修行"的福报啊！

21. 如来身边的小貂鼠

黄风怪是一只貂鼠精，因偷食大雷音寺里琉璃盏内的清油，害怕金刚拿他，逃到黄风洞为妖。

一只小小的貂鼠的本事有多大？身体比他大的虎怪，只能做他的前路先锋；他吹的风，可以让悟空的火眼金睛眼珠酸痛，令其眼泪汪汪。

小说写黄风的威力，花了很多的笔墨，择要摘录如下：

冷冷飕飕天地变，无影无形黄沙旋……五百罗汉闹喧天，八大金刚齐嚷乱。文殊走了青毛狮，普贤白象难寻见……老君难顾炼丹炉，寿星收了龙须扇。王母正去赴蟠桃，一风吹断裙腰钏。二郎迷失灌州城，哪吒难取匣中剑。天王不见手心塔，鲁班吊了金头钻……龙王遍海找夜叉，雷公到处寻闪电。十代阎王觅判官，地府牛头追马面。这风吹倒普陀山，卷起观音经一卷。白莲花卸海边飞，吹倒菩萨十二院。盘古至今曾见风，不似这风来不善。唿喇喇，乾坤险不乍崩开，万里江山都是颤！

我们知道，这风是用来对付齐天大圣的。

但如果仅仅这样认为，那么我们的阅读还是缺乏深度的。这股风，是如来身边一只小老鼠吹给天下看的，这是一股足以让太平洋保险公司立刻宣布破产的风。这风刮自哪里？来自灵山脚下的一只得了道的害怕灵山金刚捉他的小老鼠。这股吹自灵山的"微风",对大家而言就是一场考验。

罗汉们闹喧天,天庭人金刚不淡定,文殊和普贤还好,只是走失了坐骑,太上老君给自己告假不工作了,西王母有点狼狈,神通广大的二郎神在城里找不着北,哪吒连武器都拿不出来,李天王难堪地丢了保命的塔,观音还好,那风只是替她翻了一卷经,但那南海的基础设施遭到了极大的破坏,过后恐怕要"重建家园"了。

透过这股风,大家看到了什么?小老鼠威力无比。不,如果文殊菩萨分一点点智慧给你,你就会明白,若这股"微风"大家都受不了,那么西天灵山佛祖如来,其佛力真是无法无边、无极无限。

现在大家可能就明白了,小老鼠只是借跟孙大圣打架的机会,跟大家开了一次"吹风会":你们要信"佛"。

当然,这只小老鼠的任务不止这一项,他在未来唐僧西行的路上,还担任了一回编剧,设计让文殊菩萨的青毛狮和普贤菩萨的白象去考验一下唐僧师徒。"文殊走了青毛狮,普贤白象难寻见",为小说后面的情节埋下了两个伏笔。

现在,大家也许就明白了,为什么灵吉菩萨不允许悟空打死那只貂鼠,因为他来自灵山脚下,他下界完成了一项重要的任务,他至少给唐僧师徒布置了三次重要的作业,他是如来派出的重要使者。

再怎么说,他也不该死,对唐僧,他没蒸没煮,没炒没炖,我们没有理由让这只可爱的小老鼠去死。

22. 弱水三千隐喻深

"八百流沙界，三千弱水深。鹅毛飘不起，芦花定底沉。"

《山海经》记载："昆仑之北有水，其力不能胜芥，故名弱水。"后来弱水就泛指遥远险恶或者汪洋浩荡的江水河流。汉东方朔撰有志怪小说《海内十洲记》，书中记载，在西海之中央，地方一千五百里，洲四面有弱水绕之，鸿毛不浮，不可越也。

所以，弱水在古代神话传说中泛指险恶难渡的河海。现在流沙河横在肉身凡胎的唐僧面前，面对"三千弱水"他过不去了，他因此"忧嗟烦恼"。

那么怎么才能过河呢？

小说第八回，沙悟净也谈到了这流沙河的水性。沙悟净在这里做水怪，吃人无数，吃剩的人头抛到水中，竟沉水底，但唯有九个取经人的骷髅能浮在水面上。当时，观音就关照沙僧把九个取经人的骷髅挂在脖子上，等候取经人的到来。

现在大家似乎明白了吧。

唐僧这个取经人，过三千弱水深的流沙河，观音指点迷津，把沙僧项下挂的九个取经人的骷髅与观音的红葫芦，按九宫结做一只法船，然后渡唐僧过这八百里流沙河。

注意了，取经人唐僧过河，脚底踩的是九个取经人的骷髅。

这在小说里是一个非常重要的隐喻。

这个隐喻让读者想到什么？

一将功成万骨枯。

革命要想取得成功，我们常常踩着革命者的鲜血之路。

"如果说我看得比别人更远些，那是因为我站在巨人的肩膀上。"这是牛顿的名言。

我在想，牛顿眼里的巨人当然有成功者，但更多的是失败者，那些失败者就像浮在弱水上的九个取经人的头颅。

唐僧是幸运的，他有佛力加持，得以过三千弱水，那九个被卷帘大将吃掉的和尚是不幸的，从某种角度而言，他们是失败者，但他们到底不是凡人，即使被吃了，他们的头颅依旧能浮于三千弱水之上。

从这个角度而言，他们的精神是伟大的，面对强大的自然力，他们灵魂不死。这让我们想到了《山海经》里那个脑袋被砍但仍以乳为目、以脐为口继续战斗的刑天，想到那个欲填海的精卫，想到那个最后化作邓林的逐日者夸父。

正是那些不死的灵魂，让后来的取经人唐僧有了法船。

所以与其说是沙僧渡了取经人，或者说是观音菩萨渡了取经人，还不如说是九个死去的心怀取经梦想的取经人渡了唐僧。

小说二十二回《八戒大战流沙河　木叉奉法收悟净》结尾写道：

　　那悟净不敢怠慢，即将颈项下挂的骷髅取下，用索子结作九宫，把菩萨的葫芦安在当中，请师父下岸。那长老遂登法船，坐于上面，果然稳似轻舟。

九宫，乃是自然法，骷髅是不死的精神，葫芦是佛法的加持。唐僧作为取经的后来者是幸运的。他前仆后继的精神，最后让九个骷髅在了结夙愿后"化作九股阴风，寂然不见"。

九个骷髅是筏，也是"法"，既然已了夙愿，便可寂灭成"空"。这是佛法，也是自然之法、生活之法。

23. 空前的灾难，空前的力量

唐僧师徒西行路上，降妖除魔动用力量空前的是两次。

第一次在第二十三回《三藏不忘本　四圣试禅心》，参与伏魔的是四个重要的人物，有千手千眼的观音菩萨，主无上智慧的文殊菩萨，主心地善良的普贤菩萨，三个菩萨又合力请来了四圣中的头号人物黎山老母。

四个重量级大菩萨，主要的任务是试唐僧的禅心，伏八戒的色心。

唐僧的禅心如何？小说的描写极为精彩。

当老母谈到"小妇娘女四人，意欲坐山招夫"时，三藏闻言，推聋装哑，瞑目宁心，寂然不答。

这是初试反应，意志尽在"瞑目"二字上，说明三藏并非毫不动心。

继而老母在财富上用力。老母谈到家有水田、旱田、山场果木、黄牛水牛，有吃不完的米谷、穿不完的绫罗、使不完的金银，师徒若肯倒插门，尽可享用荣华，免却西行的劳碌。面对现成的财富，"那三藏也只是若痴如蠢，默默无言"。

物力攻心，第二轮考验，不痴不蠢的唐僧，把持得不错。第二轮，四圣以失败收场。

四圣不死心，诱惑进一步升级，进行第三轮猛攻，武器是

"女色",那黎山老母是一等一的推销演讲高手:

"大女儿名真真,今年二十岁;次女名爱爱,今年十八岁;三小女名怜怜,今年十六岁;俱不曾许配人家……料想也陪得过列位长老,若肯放开怀抱,长发留头,与舍下做个家长,穿绫着锦,胜强如那瓦钵缁衣,雪鞋云笠!"

那唐僧面对女色的诱惑"好便似雷惊的孩子,雨淋的虾蟆;只是呆呆挣挣,翻白眼儿打仰"。

第三轮唐僧狼狈失态,几乎败下阵来。

是什么让唐僧一下子清醒,回归出家人的心态?那就是猪八戒的表现:

那八戒闻得这般富贵,这般美色,他却心痒难挠;坐在那椅子上,一似针戳屁股,左扭右扭的,忍耐不住。走上前,扯了师父一把道……

这一"扯"一"道",让唐僧"猛抬头,咄的一声,喝退了八戒道:'你这个孽畜!我们是个出家人,岂以富贵动心,美色留意,成得个甚么道理!'"

一个"猛"字,表现从沉迷中醒来,一"咄"一"喝",恼羞成怒,把所有的难堪和羞辱发泄在八戒身上。这才有了后来唐僧与老母关于在家和出家好处的辩论。

第四轮较量的结果是,唐僧守住禅心,八戒禅心大动,于是钻进了四圣精心设计的撞婚滑稽剧里,最终被戏弄一番,发誓收敛凡心。

在西行路上,唐僧师徒碰到的灾难,大多数来自外部,只有"四圣试禅心"和"真假美猴王"两难,都来自内心。这两难中要降的心魔,前者是心恋富贵、留意美色,后者是"六耳"迷心,都是我们每个人自己的大敌。自己才是自己的大敌,生命造次始于是，颠簸始于是。面对这些大敌，必须要有强大的外援力量。前者，四圣出场，后者，如来亲自出场以伏六耳猕猴。

　　总之，来自自身的灾难，是空前的，必须调动空前的力量。神话传奇里有菩萨、佛祖出场，在现实人生中得多交益友，多读书，读有字的书，让前贤给你拨乱反正，多读无字的书，让一花一木一沙提醒你、感悟你。

24. 好一个唐三藏

在万寿山五庄观，孙悟空受了伶牙俐齿的清风、明月贼前贼后的辱骂。清风"只有一千三百二十岁"，明月"才交一千二百岁"，两个人作为只拜天地的地仙镇元大仙的弟子，脾气不太好，爱炫耀，给唐僧吃人参果的诚意也不够，做事方式方法嫩得很。谁知孙悟空的脾气还要大，他大闹五庄观，推倒了镇元大仙的人参果树。

面对徒弟犯下的大错，唐僧的想法纯粹是俗世的逻辑，他们选择的是畏罪潜逃。

猪八戒最担心的是大师兄抛弃大家只顾自己跑。唐僧就此给了老猪定心丸，唐僧道："他若干出这勾当，不同你我出去呵，我就念起旧话经儿，他却怎生消受！"

"旧话经"就是紧箍咒，是唐僧作为老师实行专政，进行强权统治的体罚工具。你看，唐僧为了逃跑，居然要动用他对付孙悟空唯一的撒手锏——紧箍咒。

此处，唐僧的人格魅力打了严重的折扣。一人做事一人当，这是基本的做人原则，也可以说是做人的底线，而唐僧这一席话根本就是不准备对人参果树负责，这个西行路上的法人居然纵容徒弟们溜之大吉。

俗话说，逃得了初一，逃不了十五。镇元大仙一回来，知道前前后后的经过,立马就赶上潜逃的师徒四人。一番小打小闹后,又立马把师徒四人及白龙马装在袖子里,擒回了五庄观。猴子替唐僧挨了一天打。晚上,唐僧的表现又不尽如人意:

  那长老泪眼双垂,怨他三个徒弟道:"你等闯出祸来,却带累我在此受罪,这是怎的起?"

唐僧这席话,把"一把手负责制"全然抛在脑后,真是令人寒心,也伤透了猴子的心。猴子说:"且休报怨,打便先打我。你又不曾吃打,倒转嗟呀怎的?"

  读到此处,我们不禁对以孙悟空为首的唐僧的三个徒弟产生了万般同情。这个取经人,所谓的师父,毫无同舟共济、有难同当的精神。他们在本质上,只是被佛祖拿住了把柄被绑架陪同去西天取经的保镖而已。在人际关系的属性上,唐僧与三个徒弟,还真没有老师与学生授受的关系。

  就像今天,唐僧的航船要经过索马里前往欧洲运货,我们国家就派出全副武装的海军护航编队,以防索马里海盗的猖狂打劫。老孙、老猪、沙僧还有白龙马就是护航编队。老孙是什么角色?五百年前大闹天宫的人物,可谓黑白两道通吃;老猪是天蓬元帅,地上水里的事情,全都能解决;沙僧是玉皇大帝的贴身保镖,犯了错,正好临时征用一下。这支护航编队,配备绝对是顶级的。

  非但如此,这个唐三藏出发前,其实佛祖已经给他买好了两份大大的保险,一件压箱底的锦襕袈裟,穿上可以免堕轮回,持有九环锡杖可以不遭毒害。这两份大大的保险,实际上就是告诉我们读者,唐僧西天取经,还真有点像惊险刺激的体验之旅。

  可是唐僧呢?在西行路上,眼泪流了不少,说出来我们会替他难为情,他想家的时候哭,想唐王的时候哭,被妖怪抓了哭,没有饭吃也哭,甚至没地方睡觉也哭……

在七十七回《群魔欺本性　一体拜真如》中,孙悟空被如来的大鹏舅舅抓了,三藏的第一反应是放声痛哭!

"徒弟呵!常时逢难,你却在外运用神通,到那里取救降魔;今番你亦遭擒,我贫僧怎么得命!"

这个师父,徒弟落难,想到的还是自己那条值钱的命。

我们最不能忍受的是,西行路上,有时面对强大的敌人,唐僧总是把责任推诿到徒弟身上。这个现成的师父,一路上不曾传授啥本事给徒弟,反而成了徒弟的累赘。所以有人说,从唐僧的角色来看,《西游记》是一部讽刺小说,这是完全正确的。

唐僧是谁?他是唐王御笔亲赐状元陈光蕊和丞相府千金温娇的女儿所生的儿子江流儿。

唐僧是谁?他曾是金山寺法明和尚收养的孩子,一十八岁摩顶受戒,法名玄奘。

唐僧是谁?他姓陈,被唐王认作御弟,改了姓,叫唐三藏。

唐僧是谁?他从前是佛子,是如来身边不好好用功,听课老打盹的金蝉子转世。

唐僧是谁?他有个同学叫观音,是千手千眼的菩萨。

唐僧是谁?他是一个命运和机遇比谁都好的取经人,他取完经后得了正果。

唐僧是谁?他是一个历经九九八十一难的取经人,取了真经,到西天成了旃檀功德佛。他没有留在大唐传经,因为传经远比九九八十一难要难,所以唐僧恐怕难以胜任。

25. 五庄观灾难的因果链

九九八十一难中,五庄观一难,祸起的原因耐人寻味。

表象上似乎是因为孙悟空推倒了人参果树,但仔细分析,恐怕没那么简单。

你看,在地仙镇元子的心里,金蝉子要来,他却收了天尊的简帖,带着徒弟去弥罗宫进修,听什么"混元道果"的讲座去了,偏就留下绝小的清风和明月两个徒弟留守。

清风、明月架子大得根本不像修道的人,话从他们嘴巴里出来,那口气,一听就是情商与世人差不多。当唐僧问及五庄观何不供养三清、四帝、罗天诸宰,只将"天地"二字侍奉香火时,道童言辞很不谦虚:

> 童子笑道:"不瞒老师说。这两个字,上头的,礼上还当;下边的,还受不得我们的香火。是家师父谄佞出来的。"
> 三藏道:"何为谄佞?"童子道:"三清是家师的朋友,四帝是家师的故人;九曜是家师的晚辈,元辰是家师的下宾。"

如此说辞,孙悟空当然不服,窝了一肚子气。

灾难还祸起于镇元大仙的分别心。他出门之前就关照清风和明月,这好东西是给有缘人吃的,金蝉子是佛弟子,是唐僧的前世,身份高贵,且曾在佛祖的盂兰盆会上给他"递过茶",所以可以送给唐僧吃两颗。唐僧的三个徒弟并不在这个地仙的考虑范围内,他甚至还提醒清风和明月,要高度警惕唐朝和尚的三个徒弟。这在待客的礼数上,其实是十分势利的。

当然,活了上千年的清风和明月,内心是真想给唐僧吃两个果子。唐僧见到两个仙果,认为那分明是三朝的婴儿。这个时候,清风和明月如果给唐僧做个更加详细的科普宣传,当着他的面渲染一下这果子的好处,再带他到实地考察一番,想来唐僧也就吃了两个果子,那也就没有后续的故事了。或者,清风和明月干脆给唐僧兜个底,说:"这稀世珍果啊,是我师父念旧情关照我们请你吃的。"唐僧明理,可能也就吃了。

可是,唐僧在口舌场中,是非海里,弄得肉眼凡胎,不识仙宝,看到果子,不听分说,吓得让赶快撤了果子。这正中清风和明月的下怀,于是,两个家伙以果子不能隔夜的正当理由,把两个果子独吞了。两个活了上千年的小家伙得了便宜,边吃果子边对唐僧嘲笑了一番,如果偷偷地吃,不声不响地吃,那吃相、那声音进不得老猪的眼耳,那么事情也就到此为止了。

再退一步说,如果清风和明月真是得道的"仙童",他俩还不至于把两个唐僧不吃的果子吃了,可以把两个果子剖了给三个徒弟分享了,解了他们馋,又得了热情好客的美名。可两个仙童到底还是没有这么做。

灾祸起于猪八戒的贪嘴。仙家广告做得好,猪八戒在天庭担任高官时就知道人参果的功能。猪八戒嘴馋,调动了惯用的激将法。

　　八戒道:"……这观里有一件宝贝,你可晓得?"行者道:"甚么宝贝?"八戒笑道:"说与你,你不曾见;拿与你,你不认得。"行者道:"这呆子笑话我老孙。老孙五百年前,因访仙道时,也曾云游在海角天涯,那般儿不曾见?"

八戒道："哥啊，人参果你曾见么？"行者惊道："这个真不曾见。"

猪八戒调动了"神"的语言艺术，指出猴子的不见世面，他开了齐天大圣的眼界。这才有了偷食人参果的下文。

灾祸还起于两个道童，他们泼妇般的骂人功夫堪称一流。骂人秃前秃后，贼前贼后，秽言污语，恶言恶语，不绝口地乱骂。整个一部《西游记》，如果要评个最能挑起战火的角色，那绝对是"与世同君"的弟子清风和明月，真是清风不清，明月不明。没有那无休止的相骂，悟空断是不可能把人参果树推倒"断根"的。

当然，细心的读者如果认真阅读小说中的诗歌，也许还会有新的发现：

> 万寿山中古洞天，人参一熟九千年。
> 灵根现出芽枝损，甘露滋生果叶全。
> 三老喜逢皆旧契，四僧幸遇是前缘。
> 自今会服人参果，尽是长生不老仙。

现在大家明白了吧，那祸的根处，冥冥之中有一个导演在，剧情老早就预设好了，剧本就放在某处，"三老喜逢皆旧契"，三老老早就讲好要在这个剧本上做一回群众演员的。唐僧师徒遇到这样的祸，是前定的。

小说在那里还暗示了剧本前定的伏笔。你看那个镇元大仙，从弥罗宫学术交流回来，听清风、明月说道："师父啊！你的故人，原来是'东来的和尚，——一伙强盗'十分凶狠！"

你看那地仙的表情，大仙笑道："莫惊恐，慢慢的说来。"

这一"笑"实在诡异得很。

人参果树被推倒了，"大仙闻言，更不恼怒"，只是安慰明月"莫哭,莫哭"。

  这些表情和言语,几乎可以证明,镇元大仙在这幕大剧里,可能受邀做了一回"第一男主角",出场费是多少?天晓得。晓得的是,他办人参果会,贴出去了十个果子。

26. 长命百岁与人参果树

那果子闻一闻，活三百六十岁；吃一个，活四万七千年，叫作"万寿草还丹"。

这是人参果的功效。

那果树的生长周期是三千年一开花，三千年一结果，再三千年方得成熟，且也只结三十个果子。

这是人参果树的稀有。

神仙们为什么喜欢人参果？大概是神仙们也怕修炼的麻烦。要与天同寿，如果按照常规路子走，非常复杂，海上三老说得很清楚，他们为了与天同寿，要养精、炼气、存神，调和龙虎，报坎填离，不知费多少功夫。

也就是说，吃了人参果，能让漫长的修炼变成刹那间的提高，还避免了常规修炼的走火入魔。

仙家的人参果，是所有懒惰者神往的。

猪八戒是识货的，千方百计要吃一个，"福禄寿三星"以孙悟空求唐僧莫念紧箍咒让孙悟空有时间找医树人为由，前往五庄观，观音菩萨也乐意去医树。最后，大家都分享到了人参果。

孙悟空找观音菩萨医好了人参果树，唐僧师徒与镇元大仙关系好得亲如一家。第二十六回结尾，作者写了一句很有意思的话：

那长老才是：有缘吃得草还丹，长寿苦捱妖怪难。

这戏谑的话与其说是笑话唐僧的，还不如说是笑话凡人的。吃了仙丹长寿有什么好处呢？还得"苦捱妖怪难"啊。这一句话，既为下文"尸魔三戏唐三藏"的情节做了铺垫，同时也道出了生命的质量才是最重要的这一道理。

　　长寿固然是好事，但长命百岁者所经历的痛苦也是普通人所不能理解的。自己独活，送走了长辈，送走了儿子辈，还要送走孙子辈，看着一个个鲜活的人活着为儿女奔波、为房子奋斗，最后，还看着直溜溜的人，老病而后横尸于门板上，那情状到底是不快活的。

　　《论语》里记载，孔子一个熟人原壤叉开双腿坐着等待孔子。孔子骂他说："年幼的时候，你不讲孝悌，长大了又没有什么可说的成就，老而不死，是为贼。"

　　原来天下最大的贼不是江洋大盗，也不是一代又一代的窃国者，而是那些老了无所作为，老了倚老卖老，老了居功自傲，老了行尸走肉者。孔子看来，世界最大的贼，其实是那些偷窃时光的人。

　　所以，长寿未必是好事，凡人吃了人参果，又能怎么样呢？活四万七千年，就是浪费四万七千年的食材，生产四万七千年的垃圾。

　　《西游记》的作者似乎在提醒我们，唐僧师徒为了那棵人参果树折腾来折腾去，最后总算医活了树，还享用了人参果，但像唐僧之流的人，吃了也是白吃，虽"长寿"了，但仍得"苦捱妖怪难"啊！

27. 那个"戏"字出神入化

再美的女色,到头了终究是一堆白骨,这是常识。

唐僧因为是肉身凡胎,明知这荒山野岭不可能有人出入,但因为色心未泯,精神一昏,就忍不住远远地仔仔细细看着一个美人一路过来。

唐僧眼里的美人是怎样的呢?

> 翠袖轻摇笼玉笋,湘裙斜拽显金莲。
> 汗流粉面花含露,尘拂蛾眉柳带烟。

出家人看的情状如何?

诗中如是说,"仔细定睛观看处",是目不斜视,是专心致志。注意,小说在此处,作者非常用心地写出了唐僧眼里白骨精化身的美人形象。

唐僧分明看到了笼在翠袖里那如玉笋的手臂,他还分明看到了在湘裙里露出来的金莲小脚,他还真真切切看到了那如花的粉嘟嘟的脸蛋,甚至闻到了人家脸上的香汗,还精微地瞧见了美人烟柳般的蛾眉。

从中我们能看到,唐朝和尚的审美真是非同一般,只是远观,感受却是如此真切!

"看看行至到身边",三藏当然是不好意思去相迎的。照理,他应该派沙僧去看个分明,眼下,孙悟空出门找吃的了,猪八戒太好色,见到美女恐怕难以把持。可是这个时候,那个唐朝和尚昏了头,居然派出八戒去迎接那风情万种的美妇人。

在女色面前,和尚会迷失方向,天蓬是正中下怀。猪八戒眼里的美妇人如何呢?

> 冰肌藏玉骨,衫领露酥胸。柳眉积翠黛,杏眼闪银星。月样容仪俏,天然性格清。体似燕藏柳,声如莺啭林。半放海棠笼晓日,才开芍药弄春晴。

注意,老猪曾是天蓬元帅,想来在天庭阅尽天下无极春色,也是一个审美的高手。小说写道,猪八戒和白骨夫人是"觌面相迎",是面对面,边看边迎,是点对点,毫无偏差的遇见。因此老猪看到的就更加真切了。冰肌玉骨、酥胸,这是出家人应该视而不见的内容,可是老猪全然忘了"四圣"曾给他的教训。老猪的荷尔蒙自发地舞蹈起来。

现在好了,这该死的老猪动了凡心——分明是个妖怪却不认得,他果真把美如天仙的白骨夫人带到了唐僧面前。

唐朝和尚是圣僧,是佛弟子金蝉子转世。之前,乌巢禅师给唐朝和尚传授过《心经》,"色即是空,空即是色……"这经授一遍他就熟记于心了。可是现在,直接的"色"就在眼前,考验来了,和尚表现如何呢?作者如此写道:

> 三藏一见,连忙跳起身来,合掌当胸道:"女菩萨,你府上在何处住?是甚人家?有甚愿心,来此斋僧?"

分明是个妖精,那长老也不认得。

"连忙跳起身来",那是坐禅神不定了,惊慌失措。连续三问,明知故问。这深山老林的哪来的府上,哪来的人家,"分明是个妖精",这个美人应当是妖精,这是常识。

至此,老猪和唐朝和尚都忘记了常识,都迷失了方向。他们有坚定的信仰,他们的价值判断是,美的就是好的,美的就是善的。在"色"面前,他们连"火眼金睛"也不认了。

孙悟空有"火眼金睛"也是常识啊。

所以,此刻火眼金睛的孙悟空,透过美的外壳能看到恶的本质的孙悟空,碰到的敌人,是三个——白骨精、猪八戒和唐僧。白骨精好对付,煽风点火的猪八戒不好对付,唐僧就更不好对付了。

三打白骨精,孙悟空打败了尸魔,却打不败"来自人民内部的敌人"——唐僧和猪八戒。

因为唐僧的价值观是,美的就是好的,就是善的。

因为"色心",唐僧就对"火眼金睛"产生了怀疑。火眼金睛看透圣僧的躯壳,看到了那时那地唐僧的心:

"师父,我知道你,你见他那等容貌,必然动了凡心。若果有此意,叫八戒伐几棵树来,沙僧寻些草来,我做木匠,就在这里搭个窝铺,你与他圆房成事,我们大家散了,却不是件事业?何必又跋涉,取甚经去!"那长老原是个软善的人,那里吃得他这句言语,羞得个光头彻耳通红。

如此赤裸裸的揭底,碰到昏君是要掉脑袋的。

孙悟空要除白骨夫人,这样无情直谏,自然不会有好果子吃。最后唐僧就动用了专政,念了紧箍咒,还把悟空逐出师门。对孙悟空而言,九九八十一难,这一难受害最重最冤。

猪八戒奸臣当道,唐三藏帝王昏庸,可气的沙和尚只当是局外人,孙悟空自然怀才不遇,痛遭贬谪,被无情放逐,这似乎也是基本的政治逻辑。

在出家人看来,"白骨观"是不好修的,因为自古英雄难过美人关,自古英雄也很难看到"善"背后的"恶"。你"火眼金睛"的齐天大圣，非要把看到的美人，把善良可怜的老头老太说成是妖精，总要拿人剔除浑身的"碳水化合物"，老猪饶不了你，和尚饶不了你，就是大多数凡人也饶不了你。

所以"尸魔三戏唐三藏"，这个"戏"字真是出神入化。所以中国老百姓，识字的不识字的说起《西游记》，就会想到戏份十足的"三打白骨精"。

因为说到底，"三打白骨精"就是历史一直演绎的活生生的现实故事。

28. 英雄落难后的家园

因为尸魔三戏唐三藏，悟空打死了白骨精，唐僧埋怨悟空滥杀无辜，恨逐美猴王，美猴王只得回他的故乡花果山。

当初与二郎神一战中，那二郎神与梅山七兄弟放火烧山，所以孙悟空回家看到的景象令人伤悲。"那山上花草俱无，烟霞尽绝；峰岩倒塌，林树焦枯"，悟空目睹这一切，"回顾仙山两泪重"，恨得美猴王想掘了二郎神的先灵墓，破了他的祖坟基。

在人间，花果山应该是一处英雄的圣地。毕竟"大闹天宫"的故事，好好地为大家出了一口恶气。

可是人世间是怎么对待英雄的家园的呢？

用一句不太好听的话说是"树倒猢狲散，墙倒众人推"，可谓世态炎凉，猴子可谓山河破碎，身世浮沉。

美猴王的子孙并未因享用了天上的蟠桃御酒而长命百岁，他们被二郎神烧死大半，留下的小半，一部分因衣食问题，流离失所，一部分留下勉强度日却遭猎户捕杀。美猴王的子孙被下毒、中箭、着枪、遭网、遇扣、打死，被人剥皮剔骨，酱煮醋蒸，油煎盐炒，或被人捉去跳圈做戏，翻筋斗，竖蜻蜓，当街上筛锣摇鼓。

英雄辉煌的背后，常有无法言说的悲哀。

现在，猴子被逐出师门，回家的机缘让他发现自家种族有大灭绝的危险。他伤心伤肺伤世伤魂。

面对眼前家族的凋零,再加上唐僧的无辜惩罚,悟空对当初唐僧的劝教"千日行善,善犹不足;一日行恶,恶自有馀"产生了怀疑。

是人都会怀疑。

人世的公道何在?卑鄙是卑鄙者的通行证,高尚是高尚者的墓志铭。悟空因此对破坏他家风水的猎户大开杀戒,将杂色旗号拆洗,做了一面杂彩花旗,上写着"重修花果山,复整水帘洞,齐天大圣"十四个字,也算是释放了遭"圣僧恨逐"的怨气,整肃了人类无节制的滥捕滥杀行为。

接着,悟空就开始了他的"青山绿水"工程,请来四海龙王,借些甘霖仙水,把山洗青了。前栽榆柳,后种松楠,桃李枣梅,无所不备,逍遥自在,暂时过起了他的乐业安居的归隐生活。

人世间,一人得道往往能鸡犬升天,孙悟空并未因追随唐僧西天取经而让他的子民得以安生,反而因忙于事业,遭了灭族的危险。曾经跟他交往甚密者如平天大圣牛魔王之流,也不曾回来照顾花果山猴族。英雄的孤独映衬的常常是世态的悲凉。

美猴王回家的杀戮和重建家园的行为,其本质是"人"的行为。当他无法以"和平"的手段伏人降妖时,就必须采取非正常的"专政"行为。自古被罢黜的士子,回到家园,必种草种树,养心怡人,重建家园。

美猴王的家园先前是"花果山福地,水帘洞洞天",那是一块风水宝地。风水的第一要素,当然是生命,五百年来,美猴王被压在五行山下,花果山离了他,就失却了"美",失却了最好的风水。美猴王五百年后重回故园,除恶安良,回归自然,这就是人间所谓的"天真"。

有主人的家园是何等美妙,有诗为证:

> 青如削翠,高似摩云。周围有虎踞龙蟠,四面多猿啼鹤唳。朝出云封山顶,暮观日挂林间。流水潺潺鸣玉佩,涧泉滴滴奏瑶琴。山前有崖峰峭壁,山后有花木秾华。上连玉女洗头盆,下接天河分派水。乾坤结秀赛蓬莱,清浊育成真洞府。丹青妙笔画时难,仙子天机描不就。玲珑怪石石玲珑,玲珑结彩岭头峰。日影动千条紫艳,瑞气摇万道红霞。洞天福地人间有,遍山新树与新花。

真是人与自然高度和谐之境也。

可是心猿此时仍是"处江湖之远,则忧其君",在洞天福地的宝山也只说是"度日"罢了,毕竟美猴王还牵记着那个把他从五行山下搭救出来,让他脱离苦海的不分贤愚而空有虚名的"圣僧"。

这是美猴王的另一种"美",说到底,英雄终有英雄的豁达!

29. 婚姻莫非真是爱情的坟墓

《西游记》最具讽刺意味的爱情故事，莫过于奎木狼星和天庭披香殿上那个侍香玉女的故事。两人在天庭互生情愫，乃至于彼此私通，山盟海誓，约好要到人间去组织一个小家庭。

思凡的玉女，先投生到宝象国成了国王的三公主，乳名百花羞，是金枝玉叶。奎木狼星旷工十三天，不再在天上大放光彩，而是到碗子山波月洞做了十三年黄袍怪。

问题在于，玉女下凡后，兴许是公主的日子太好过了，兴许是前世修炼不够，公主前世的记忆全被格式化了，她全然不记得当初在天庭和奎木狼星私下里的约定。

山盟海誓，终是经不起时间浸泡。

奎木狼星只得将她掳去波月洞强做了十三年夫妻。

毕竟不是"天作之合"，因此他们的婚姻生活并不美满，尽管生了两个孩子，但尽是妖魔之种。一个金枝玉叶，一个占山为王的妖怪，用百花羞自己的话说是"败坏人伦，有伤风化"。

在天庭，他们可是有着一段美妙的爱恋故事的，到了人间，却演绎了一场"有伤风化"的婚姻闹剧。

百花羞一心想脱离魔掌，着人捉拿黄袍怪，黄袍怪不忘前世记忆，倒是对百花羞百依百顺。

胡适先生曾经打趣般说过，评价一个丈夫优秀的标准之一是：太太命令要服从。

从这一点看黄袍怪是一个用情专一的好丈夫，百花羞一声喝"黄袍郎"，黄袍郎丢了敌人，听吩咐，他甚至可以为了老婆放了吃了可以长生不老的取经人。黄袍怪后怒斥百花羞全无人伦，只想着父母而不顾夫妻情分，但一旦认为自己错怪了老婆，便让老婆上座，向她赔礼。这黄袍怪真是用情至深之人。但人世间婚姻的美满永远是建筑在信息的对称上的，这对称叫"情投意合"。黄袍怪可能会痴心地说，咱们前生是一对露水的鸳鸯，但百花羞在荣华里迷了本心，只认自己是宝象国的三公主。

《红楼梦》里，前生是神瑛侍者的贾宝玉，看见前生是绛珠草的林黛玉，说"这个妹妹我认识"，生而为人，前世的记忆依稀还在，多少还有点情投意合。

这个百花羞，生而为人，做了三公主，锦衣玉食，荣华富贵，迷了她的心。

人妖的婚姻是"水中月，镜中花"，百花羞最终到底是背叛了黄袍怪。

这个奎木狼星，在天庭身份之尊贵不言而喻，却经历了一场如此失败的婚姻，老婆背叛，孩子被掼杀，他真被这个披香殿的玉女给害苦了。

但事物总有其两面性，谁说奎木狼星下凡不是来完成一个重要使命的？如果没有奎木狼星，孙悟空就不可能重回取经队伍，不是他，猪八戒和孙行者不可能冰释前嫌，唐僧也不可能意识到自己的错误。这个取经团队自经历了"三打白骨精"，已是分崩离析，真是"意马心猿都失散，金公木母尽凋零"。奎木狼星的使命，是重要的，小说第三十一回开首有诗为证：

　　金顺木驯成正果，心猿木母合丹元。共登极乐世界，同来不二法门。

如此说来，奎木狼星下凡的重要使命是让取经队伍团结一心，共赴西天取真经。奎木狼星对自己所历之劫其实不是不明白，他在玉帝面前说"一饮一啄，莫非前定"，换句话说，莫非是玉帝老爷和佛菩萨联手耍我，两个造物的老大共同开发了一个游戏程序，让我下凡历了这么一个劫，自己遭了难，却成就了别人。奎木狼星毕竟是天上的星宿，他一下子就看清楚了"造物弄人"，他才不会像那个披香殿的玉女，不小心就迷了。所以玉帝对奎木狼星的惩罚只是形式一下而已，带俸差操（就是带着薪水去劳动），去兜率宫给太上老君做个炼丹烧炉的，立功后官复原职。

然后，太上老君和佛菩萨继续开发另一个小游戏，给太上老君两个司炉的童儿放几天假，好让他们享受到人间去玩玩的福利，顺便调教调教唐僧师徒四人。

30. 不看僧面看佛面

在宝象国，唐僧被黄袍怪变成了一只老虎。这个先前好坏不分的和尚，现在神志清楚，无奈自己又无法变回真身。

孙悟空当然不能放过教诲师父的机会：

"师父呵，你是个好和尚，怎么弄出这般个恶模样来也？"

潜台词是，你是圣僧，妖怪可以把你变成禽兽，当初那白骨精当然也可以变成你喜欢的美人。

好事的猪八戒这回替唐僧求情，要孙悟空"不看僧面看佛面"。

猪八戒这回终于说出了利大局的一句话。陪唐僧西天取经，组阁者不是唐僧，那是佛祖的弟子观音菩萨。前面已经说了，唐僧作为一个取经人，在资历上，他其实够不上做三个徒弟的老师，三个徒弟之所以跟随他一路西行，是因为他们都是天庭的罪人，要有一个将功补过的机会。这个机会是谁给的？是观音给的，是佛给的。因此，不看僧面看佛面。换句话说，得看后台老板啊。

人世间，很多时候，我们未必真能遇到相投之人，跟他们共事也未必顺利，但我们得有大度的胸襟，每每失意时，就得告诫自己："不看僧面看佛面。"因为只有跟看似无用的唐僧取经，你才有机会见佛。表面看，西天取经路上，主子唐僧是最大的包袱，但如果没有这个包袱，就意味着三个徒弟和小白龙都失去了最重要的人脉，就没有了修成正果的机遇。

我们想想，当初唐僧之所以被观音相中去西天取经，菩萨也是"不看僧面看佛面"。那个五庄观的镇元大仙为什么愿意给唐朝和尚吃两个人参果？那是因为唐僧是佛弟子金蝉子转世，看在佛面上，当如此敬他。还有四值功曹、五方揭谛、六丁六甲，为什么寸步不离唐僧？他们都是看在"佛面"上。

那么唐僧是不是就一无是处了呢？显然不是的，至少说，他对佛的信仰是坚定的。人可以怕死，瞻前顾后，懦弱无能，但不可没有信仰。唐朝和尚不是英雄，不是斗士，唯其"信"佛这一点，我们就得给他一个成佛的机会。因为有了"信"的前提，成佛只是早晚问题。唯有这个"信"字，才能让人感受到和尚是有希望的。

这世界上，聪明人好找，能力强者好找，但有坚定理想信念的人还真不好找。

"药医不死病，佛度有缘人"，注定要死的人是治不好的，药无处可使，无缘之人，佛也是度不了的，佛力再大也无处可使。

因此，找唐僧前往西天取经，应该算是找对了人。

唐僧是一个"病"人，是一个不会维护团结的"病"人。他的这个"病"必须得治。猪八戒身上也有不利于团结的因素，这张嘴巴喜欢挑唆，有时成事不足败事有余。沙僧也是个"病"人，他在"圣僧恨逐美猴王"的时候，始终保持着沉默，大是大非面前保持沉默，仿佛事不关己，这样的为人，在现实生活中往往比八戒之流更加可怕。团队中，这三个人的毛病必须治一治，靠谁治？冥冥中就借力奎木狼星下凡的机会，好好地修理一下他们。唐僧好坏不分？好，让你变成老虎，非得要悟空出山不可。猪八戒不是嫉妒心重，以致猪油蒙了心肝吗？好，就让你不得不去花果山请大师兄出山。你沙僧，见老孙来救你"一面天生喜，满腔都是春"，现在老孙要给你一句话："你这个沙尼！师父念《紧箍儿咒》，可肯替我方便一声？都弄嘴施展！要保师父，如何不走西方路，却在这里'蹲'甚么？"

如此这般，唐僧、猪八戒、沙僧对孙悟空才能心服口服，他们才会明白"尿泡虽大无斤两，秤砣虽小压千斤"。至此，孙行者才确立了他西行路上的核心领导地位。至此，因"三打白骨精"所蒙之冤，也就消释了。

所以，奎木狼星制造的灾难，给了孙悟空机遇，也让唐僧师徒之后凝心聚力。

正如三十二回所说："话说唐僧复得了孙行者，师徒们一心同体，共诣西方。"如果没有这一难，取经团队在宝象国定将解散，各奔东西。所以，天庭对奎木狼星的处罚轻描淡写，悟空也就无话可说了，因为西行路上，奎木狼星给了悟空一个大大的人情。

"不看僧面看佛面"，饶了那个在婚姻上倒了大霉的奎木狼星吧。

31. 从乌合之众到义结同行

唐僧师徒是由观音菩萨组阁在一起的。

作为选拔者,观音菩萨把这些人放在一起其实是很有意思的。

悟空是猴子,五行中属金,小说中多处称悟空为"金公";猪八戒是猪,五行中属"木",小说中也多次称老猪为"木母"。老猪和老孙搭在一起是"金克木",也就是说,要这两个人待在一起完成大业,是很难的。

再说猴子与白龙马,把他们合在一起,感觉菩萨实在是找不着人了,简直有点胡乱搭配,马是躁的,猴是急的,猴马在一起,整个就是"心猿意马"。何为"心猿意马"?《辞海》有注:心意好像猴子跳、马奔跑一样控制不住。形容心里东想西想,安静不下来。

沙僧呢,是一个毫无趣味的人,一个忠厚无用的老好人。他的性格和老猪、老孙的性格完全不在一个频道上。卷帘大将的威风在小说中也没有表现出来。

观音菩萨真是临时干了一回组织工作,把四个有犯罪前科的乌合之众捆在了一起。

所以这个团队在一起经过了漫长的磨合期。

四圣试禅心,三打白骨精,猪八戒义激猴王降伏黄袍怪,这些都是重要的磨合事件。这些事件，都明显地表现出唐僧师徒的不团结。

"四圣试禅心"中老猪在财富、女色面前，彻底妥协，唐僧也并不算坚定。四人在是否留下做女婿这一点上，并没达成统一拒绝的思想，最终是任由老猪发展。这个时候，四个人其实就是四个独立的个体，他们相互观望，组织性很差。

"三打白骨精"中更能看出团队内部很不团结，窝里斗现象极其突出。唐僧对"火眼金睛"的孙悟空很不信任，令人心生苍凉，在常人看来，师徒两个人几乎没有合作的前提。老猪对孙悟空明显有打击报复的嫌疑。而沙和尚和孙悟空之间尚无兄弟情谊，孙悟空被念紧箍咒，被逐出师门，这个老好人没有说半句调和的话。

如此尖锐的内部矛盾，如果让其存在下去，取经的大业无论如何是完成不了的。

这时候，必须有一个机缘让这支队伍团结起来。奎木狼星下凡变成黄袍怪，把沙僧捉住，把唐僧变作老虎，把猪八戒难住，甚至危急时白龙马也出手了，且受了伤。白龙马给八戒反复做了思想工作，让他主动放下姿态，去花果山找孙悟空帮忙。

如此一来，我们看到"心猿"和"意马"终于做到了劲往一处使。请看"意马"如何千方百计说动八戒的：

> 小龙沉吟半晌，又滴泪道："师兄呵，莫说散火的话。若要救得师父，你只去请个人来。"八戒道："教我请谁么？"小龙道："你趁早儿驾云回上花果山，请大师兄孙行者来。他还有降妖的大法力，管教救了师父，也与你我报得这败阵之仇。"八戒道："兄弟，另请一个儿便罢了。那猴子与我有些不睦。前者在白虎岭上，打杀了那白骨夫人，他

怪我撺掇师父念《紧箍儿咒》。我也只当耍子，不想那老和尚当真的念起来，就把他赶逐回去，他不知怎么样的恼我。他也决不肯来。倘或言语上略不相对，他那哭丧棒又重，假若不知高低，捞上几下，我怎的活得成么？"小龙道："他决不打你。他是个有仁有义的猴王。你见了他，且莫说师父有难，只说：'师父想你哩。'把他哄将来，到此处，见这样个情节，他必然不忿，断乎要与那妖精比拼，管情拿得那妖精，救得我师父。"八戒道："也罢，也罢。你倒这等尽心，我若不去，显得我不尽心了。我这一去，果然行者肯来，我就与他一路来了；他若不来，你却也不要望我，我也不来了。"小龙道："你去，你去；管情他来也。"

识大局者，白龙马也，知心猿者，意马也。中国传统文化中，猴在马背上，谓马和猴和谐相处，民间说这是"马上封侯"，那是上上大吉之相。

最后，孙悟空从黄袍怪那里救下沙僧，并指出沙僧老好人的错误。八戒也知道西方路上除妖是缺不了大师兄的，也理解了大师兄的为人，在去宝象国救唐僧的路上，孙悟空想在东海洗浴时，兄弟俩人有过一段似乎多余的对话：

离了洞，过了东洋大海，至西岸，住云光，叫道："兄弟，你且在此慢行，等我下海去净净身子。"八戒道："忙忙的走路，且净甚么身子？"行者道："你那里知道。我自从回来，这几日弄得身上有些妖精气了。师父是个爱干净的，恐怕嫌我。"八戒于此始识得行者是片真心，更无他意。

这个小小的细节，也让猪八戒意识到，大师兄对师父是掏心掏肺的真诚，自此金公木母不再相克。

后来，无能又是非不分的唐僧由恶虎变人，终于也死心塌地信任了悟空。

如此"金顺木驯成正果，心猿木母合丹元……兄和弟会成三契"。

大凡一个团队，若能让相克者明大义而团结在一起，就能产生强大的相生力量。

而磨合的功课往往是艰巨的。

一部《西游记》五味调和，共存相生，百味纷呈。物如此，事犹是，人亦然。

32. 可爱的小妖

我非常喜欢《西游记》里两个可爱的小妖,即莲花洞金角大王、银角大王麾下的精细鬼和伶俐虫。

这实在是两个天真的小妖。

精细鬼和伶俐虫,拿着紫金红葫芦与羊脂玉净瓶要去收伏孙悟空,一路上被孙悟空变化的老道人用金箍棒绊着脚,跌了一跤,两个家伙居然真相信,"跌一跤"是小道童见老道人的"见面礼"。他们完全相信无稽之谈。

小说的精彩处在于,作者把孙行者与小妖的对话,写得意趣盎然,在对话的过程中,急躁的猴子放下了身段,显出万般的耐心,天真的小妖毫无心机,坦荡得让人于心不忍。看看下面一段对话:

> 行者明知故问道:"你二位从那里来的?"那怪道:"自莲花洞来的。""要往那里去?"那怪道:"奉我大王教命,拿孙行者去的。"行者道:"拿那个?"那怪又道:"拿孙行者。"孙行者道:"可是跟唐僧取经的那个孙行者么?"那妖道:"正是,正是。你也认得他?"行者道:"那猴子有些无礼。我认得他。我也有些恼他。我与你同拿他去,就当与你助功。"那怪道:"师父,不须你助功。我二大王有些法术,遣了三座大山把他压在山下,寸步难移,教我两个拿宝贝来

装他的。"行者道:"是甚宝贝?"精细鬼道:"我的是'红葫芦',他的是'玉净瓶'。"行者道:"怎么样装他?"小妖道:"把这宝贝的底儿朝天,口儿朝地,叫他一声,他若应了,就装在里面;贴上一张'太上老君急急如律令奉敕'的帖子,他就一时三刻化为脓了。"

一个诨名"精细鬼",一个诨名"伶俐虫",他们两个人,一出生就没玩过智力游戏,他们的思维就像鹅肠子,直来直去,主人的本事,超常规武器的性能,两个小鬼居然和盘托出。

面对这样赤诚的对手,小说家是无论如何不能安排悟空把他们一棒打死的,否则会受到道德的谴责,同时,在我们读者的眼里,孙悟空这个英雄的形象就会低到尘埃里去。

面对这样可爱的小妖,作者完全循着善良的逻辑,写了猴子的心理。

> 行者见了,心中暗喜道:"好东西!好东西!我若把尾子一抉,飕的跳起走了,只当是送老孙。"忽又思道:"不好!不好!抢便抢去,只是坏了老孙的名头。这叫做白日抢夺了。"

这两个小妖太可爱了,为了表示对他们的嘉奖,作者决定让猴子继续陪他们玩玩,让猴子把天装给他们看看,让他俩心甘情愿、非常乐意地跟猴子交换宝贝。

这个时候,如果猴子拿着宝贝一走了之,那他的英雄形象在我们眼中,仍然会打折扣。作者在这个地方又安排了一个有趣的情节,猴子要与小妖写交换宝贝的"合同文书",这叫依法办事。这时候两个妖又表现了世人少有的诚信。

> 小妖道:"我两件装人之宝,贴换你一件装天之宝,若有反悔,一年四季遭瘟。"

我们读到此处，不禁对两个可爱小妖同情起来，担心他们怎么跟他们的两个主子交代。

当两个小妖发现上当受骗后，作者一如既往地把他们往好里写：

"今行者既不曾拿得，连宝贝都不见了。我们怎敢去回话？这一顿直直的打死了也！怎的好！怎的好！"伶俐虫道："我们走了罢。"精细鬼道："往那里走么？"伶俐虫道："不管那里走罢。若回去说没宝贝，断然是送命了。"精细鬼道："不要走，还回去。二大王平日看你甚好，我推一句儿在你身上。他若肯将就，留得性命；说不过，就打死，还在此间。莫弄得两头不着。去来！去来！"那怪商议了，转步回山。

不怕死，忠诚，有担当，负责到底，而且两兄弟情谊了得，看来这两个小妖的妖品比普世的人品要高得多。所以作者在后续的情节中让实行民主管理的莲花洞洞主饶过了这两个忠心耿耿、一心为主子谋好处、成事不足败事有余、单纯得就像一张白纸一般的小妖。

世人不乏精细鬼、伶俐虫，欲望大得也都想装天，但人品有如此妖品者实在稀有。

33. 头顶三尺的神明

为了唐僧去西天取经的伟大事业，人世的皇帝唐太宗死了一回，地府相关工作人员徇私枉法，又让他活了回来，皇帝这才坚信了佛，且和唐僧称兄道弟。

三界之主玉皇大帝，赦免了四个罪犯——小白龙、孙悟空、猪八戒和沙僧，不但如此，西行路上的安保工作，他也贡献了一个至关重要的护法团队。

这些护法，有人说较之于孙悟空只是小人物，其实不然。

四值功曹，是担当值时、值日、值月、值年任务的。唐僧师徒西天取经的状况无时无刻不被他们关注着。时值功曹对唐僧师徒的状况能实时监控，实时定位。日值功曹还要负责写好日记文书，记录功过，及时通过无线系统报告给观音、如来等重要人物。在平顶山向唐僧师徒提前警示莲花洞有金角大王和银角大王两个魔头的就是化身樵夫的日值功曹。月值功曹和年值功曹想来除了在虚空中做好保驾工作，还要做好月报和年报工作。也就是说，四值功曹在护驾的同时，其实也做好了日常的文案工作。说句玩笑话，没有他们的存在，唐僧西天取经就雁过不留痕了。

五方揭谛是守护东南西北中五个方向的大力神。四值功曹关注时间，写作文书，功过分明，及时向上汇报；五方揭谛关注空间，啥地方、啥方向有事情，得跟地方上沟通。第三十三回，银角大王用遣山咒法调动了须弥山、峨眉山、泰山镇压了孙悟空，这时候五方揭谛中的金头揭谛就负责跟三山的山神和土地神沟通。

金头揭谛道："这山是谁的？"土地道："是我们的。""你山下压的是谁？"土地道："不知是谁。"揭谛道："你等原来不知。这压的是五百年前大闹天宫的齐天大圣孙悟空行者，如今皈依正果，跟唐僧做了徒弟。你怎么把山借与妖魔压他？你们是死了。他若有一日脱身出来，他肯饶你！就是从轻，土地也问个摆站，山神也问个充军，我们也领个大不应是。"那山神、土地才怕道："委实不知，不知。只听得那魔头念起遣山咒法，我们就把山移将来了。谁晓得是孙大圣？"

最终山神土地放了孙大圣。如此说来，五方揭谛有点外交部的功能。

六丁六甲，十二个时辰，白天晚间分工值班。

这些神尽管很小，但他们的作用不容小觑。他们主要负责信息的沟通，在资讯方面，他们有着绝对的优势。他们负责踏勘路线，发出预警，在非常时刻还帮助唐僧师徒进行侧面攻击。他们的战斗力不强，也就抱抱敌人腿，冷不丁从侧面踹敌人一脚，唐僧徒弟不在时，在虚空里陪着唐僧。

我们平时说，头顶三尺自有神明在，大概指的就是这21位。试想，假如这些神明真的存在，他们对我们日常生活中的所作所为，了如指掌，他们所形成的报告给我们活人看看，一定会令我们触目惊心。啥时你捡到三分钱，你放在自己口袋里了，时值功曹清清楚楚，你想抵赖，他就有能力放高清视频给你看。

这些小神，都是玉帝提供的无偿服务，换句话说，这些个小神在取经这一伟大事业中，既做好了文案工作，也起了基本的护卫工作，还起到了及时的沟通作用。任何团队如果没有这样一支队伍，事业很难做大。

当然，西天取经的大事毕竟是佛祖的大业，他自己也得派出一些力量，否则对乐于公益事业的玉皇大帝也交代不过去。

如来派出的是护教伽蓝，通俗一点来说，是给佛门寺庙看家护院的保镖部队，总共有一十八位，分别是美音、梵音、天鼓、叹妙、叹美、摩妙、雷音、师子、妙叹、梵响、人音、佛奴、颂德、广目、妙眼、彻听、彻视、遍视，即"十八伽蓝神"。

这十八个保镖，很有意思，看名字就知道，基本跟视、听感观有关系。从音响的角度来看，这个组合有点像西方的交响乐团，又有点像部队的文工团，开打的时候，有人负责擂鼓作气，有人是啦啦队员，有人负责用美妙的音响去感化别人。从"视"的角度来看，这个团队又有点像部队的侦察连，广目、妙眼、彻视、遍视，他们自身就是带有全景高清摄像功能的摄像机。"彻听"是顺风耳朵，自身带有一套强大的监听系统。像"师子"这样的小神则是专门负责壮胆的。

现在我们能够理解，为什么观音能手眼通天，当孙悟空去观音那边搬救兵的时候，不用悟空说半个字，她已经对事情的来龙去脉了如指掌了。因为观音的眼线遍天下，民间说法，你就是在被窝里捉一个虱子她也清清楚楚。

《西游记》的时代，是一个通信高度发达的时代，简直就是一个物联网时代。

现在我们似乎明白了，跟随唐僧西天取经的班底，相当于一支比较正规的部队。

在这样的阵营下，取经焉有失败之理。你去，我去，唐僧去，自然都能成功。

遗憾的是，我们没有这样的机会啊！

34. 装天和借童为妖设难的意图

小说第三十一回，孙悟空为收伏由奎木狼星变化为妖的黄袍怪，找到玉帝，玉帝惩戒了黄袍怪。孙悟空对玉帝也只是唱了一个大喏表示谢意。天师对孙悟空不懂感恩的村俗行为大为不满，玉帝忍气吞声，只道："只得他无事，落得天上清平是幸。"

玉帝想要息事宁人，实属不易，因为孙悟空对玉帝提出了更高的要求。

孙悟空为了骗精细鬼和伶俐虫的红葫芦与玉净瓶，想用自己的假葫芦装一回天，以换取两个可爱的小妖的宝贝。

日游神受悟空指使，跟玉皇大帝商量借天装一下。作为三界之主的玉皇大帝，对孙悟空装天的要求很不满意。

玉帝道："这泼猴头，出言无状。前者观音来说，放了他保护唐僧，朕这里又差五方揭谛、四值功曹，轮流护持，如今又借天装，天可装乎？"

孙悟空有言在先，玉帝若半声不肯，即上灵霄殿，动起刀兵。

借也得借，不借也得借。

幸得哪吒情商和智商都不错，打了擦边球，往北天门问真武借了皂雕旗在南天门一展，把日月星辰闭了，就算把天给装了，这才诳骗了精细鬼和伶俐虫两个小妖。

这就叫以天道治妖道，也可以说是以天道治外道。

所以借天这件事，其实是借天道来对付太上老君这外道。所谓外道，只是相对于佛教而言的。第三十三回名为"外道迷真性　元神助本心"，这里的外道就是太上老君的道教。道教是如何迷真性的？红葫芦原初应该是装仙丹的，玉净瓶是盛圣水的，炼丹喝水，似乎是成道的捷径，道家讲究养精、炼气、存神，调和龙虎，报坎填离，这是很有诱惑性的。如若得了这样的诱惑，不出门远行，不经历生死疲劳，那么西天取经的事情也就黄了。

所以，用外道考验一下唐僧师徒去西天取经的信念还是非常有必要的。

小说第三十五回，孙行者埋怨太上老君"纵放家属为邪，该问个铃束不严的罪名"。太上老君道："不干我事，不可错怪了人。此乃海上菩萨问我借了三次，送他在此托化妖魔，看你师徒可有真心往西去也。"

西天取经，取的是大乘经文。大乘经，能成就自己，更要能成就别人。取经人如果只想度己，那就是迷了本性，因此必须要经受外道的考验，才能真正坚定西天取经的信念。

那么，为什么菩萨问三次以后太上老君才肯借他的两个童子一用呢？

我想，太上老君心里也清楚，菩萨要借此抑道扬佛。菩萨一开口就借，大概也太失道家的尊严了吧。

长别人志气，灭自己威风的事情，谁都不高兴做。

那么借金角大王、银角大王制造的灾难想让我们读者明白一些什么道理呢？

要想修成正果，葫芦、玉净瓶、七星剑、芭蕉扇，全不管用，最后都被心猿缴获了。最具有讽刺意味的是，就连太上老君的裤腰带——幌金绳也被悟空给收了。它告诉我们,人要修成正果,要靠内修,心性要坚如磐石。欲成果,必须历经九九八十一难,取得真经。

唐僧师徒这一回历劫至少启示我们,要想学有所成,没有什么宝典,也不可以专心于雕虫小技,而要披荆斩棘,虔心向前,相信路在脚下,向更远处行走,相信路在内心,向心灵更深处问道。

35. 《西游记》里的后喻时代

金角大王和银角大王所造之劫,其实是观音一手策划的。悟空心中骂了观音"悫懒",还诅咒她该"一世无夫"。

但经历了这一难,悟空的长进是巨大的。

唐僧离开平顶山,风餐露宿,见高山阻路,在马上毫无长进地高叫:

"徒弟呵,你看那里山势崔巍,须是要仔细提防,恐又有魔障侵身也。"

真是师父成了徒弟,徒弟成了师父。悟空就开导师父:

"师父休得胡思乱想,只要定性存神,自然无事。"

唐僧是一个典型的急性子差生,船摇了半天,缆绳未解,却希望西天在岸上人家的弄堂里:

"徒弟呀,西天怎么这等难行?我记得离了长安城,在路上春尽夏来,秋残冬至,有四五个年头,怎么还不能得到?"

一个筋斗瞬间就能到西天的孙行者,熬着性子陪你,不说取经路途漫长,唐僧这个现成的师父反而就没了耐性。

西天取经路上的时光里,真正的智者其实还是悟空,悟空才是真正的师父。用现在的话来说,《西游记》的时代就是一个"后喻时代"。

所谓后喻时代，指的是在当今高科技时代的某种条件下，晚辈（或学生）由于掌握了一定的新知识、新技能，给先辈（或教师）传授知识和培养能力的时代。

显然，孙悟空是掌握高科技的取经人。火眼金睛、克隆水平、七十二般变化、位移能力，远远胜出今天的科技水平。

对唐僧的急性子脾气，他用了一个极其形象的比喻来形容取经的进程：

"早哩！早哩！还不曾出大门哩！"

这样的比喻给大家上了生动的一课。

历经劫难的孙悟空，他的心智在成长，在他眼里，青天为屋瓦，日月作窗棂，四山五岳为梁柱，天地犹如一敞厅。

这样的顿悟，不禁让我们想到了《淮南子·原道训》当中的话：

> 是故大丈夫恬然无思，澹然无虑，以天为盖，以地为舆，四时为马，阴阳为御，乘云陵霄，与造化者俱。纵志舒节，以驰大区。可以步而步，可以骤而骤。令雨师洒道，使风伯扫尘；电以为鞭策，雷以为车轮。上游于霄霓之野，下出于无垠之门，刘览偏照，复守以全。经营四隅，还反于枢。

魏晋时期名士，"竹林七贤"之一的刘伶传世的一篇文章《酒德颂》里也有一段文字有着类似的大意：

> 有大人先生，以天地为一朝，万期为须臾，日月为扃牖，八荒为庭衢。行无辙迹，居无室庐，幕天席地，纵意所如。

以上思想，是显豁的顿悟，师徒四人只有孙悟空才有这样的顿悟，因为西行路上，他一直在灾难的现场，在困境中，他永远是一个积极迎战的主动者，压在五行山下五百年，后银角大王让他经历"泰山压顶"之难。

经历困难，主动迎战，脱离困境，方有大彻大悟。这是人境界提升的基本规律。取经团队中，老猪、沙僧、唐僧，他们不能算是困境场中的主角，因此，他们的顿悟是不够的。

面对"堂屋"的比喻，沙僧的慧根只有那么点：

"师兄，少说大话吓我。那里就有这般大堂屋，却也没处买这般大过梁啊。"

因此，同样是"行万里路"，孙悟空才是真正的师父。《西游记》说的真是一个"后喻时代"的故事。

36. 师徒赏月见分明

《西游记》中最文绉绉的事情是唐僧师徒在敕建宝林寺赏月。

其时唐僧进敕建宝林寺并没有得到好的待见,僧官势利得很,属下还管着道人,真是一座奇怪的寺庙。孙悟空打烂石狮震慑僧官,师徒才免于露宿廊下,住进禅房。

在家千日好,出门一日难,见了冷脸,唐僧这个出家人就想家了。望着异乡的明月,唐僧口占古风长篇:

> 皓魄当空宝镜悬,山河摇影十分全。
> 琼楼玉宇清光满,冰鉴银盘爽气旋。
> 万里此时同皎洁,一年今夜最明鲜。
> 浑如霜饼离沧海,却似冰轮挂碧天。
> 别馆寒窗孤客闷,山村野店老翁眠。
> 乍临汉苑惊秋鬓,才到秦楼促晚奁。
> 庾亮有诗传晋史,袁宏不寐泛江船。
> 光浮杯面寒无力,清映庭中健有仙。
> 处处窗轩吟白雪,家家院宇弄冰弦。
> 今宵静玩来山寺,何日相同返故园?

与历史上大多数吟月诗比,唐僧的古风主题算是极其单薄的,纯粹就是抒发自己在异乡被冷落后的思乡之情。如果硬说还有什么情感，那就是一个差生感叹取经难，"今宵静玩来山寺，何日相同返故园"，急于事功啊。

注意，在西行路上，唐僧身上明显带着前世的业力，怕吃苦，急于求成。他是一个凡人，他并不清楚自己下凡是因为在灵山不好好念经，听课打盹。所以"圣僧"这个名号，就像人世很多不实的如"香烟屁股大家呼呼"的荣誉罢了。

行者对自己师父的不争气，无可奈何，只能倒过来做师父的师父了。他给师父开示了。

> 行者闻言，近前答曰："师父啊，你只知月色光华，心怀故里，更不知月中之意，乃先天法象之规绳也。月至三十日，阳魂之金散尽，阴魄之水盈轮，故纯黑而无光，乃曰'晦'。此时与日相交，在晦朔两日之间，感阳光而有孕。至初三日一阳现，初八日二阳生，魄中魂半，其平如绳，故曰'上弦'。至今十五日，三阳备足，是以团圆，故曰'望'。至十六日一阴生，二十二日二阴生，此时魂中魄半，其平如绳，故曰'下弦'。至三十日三阴备足，亦当晦。此乃先天采炼之意。我等若能温养二八，九九成功，那时节，见佛容易，返故田亦易也。诗曰：
> 前弦之后后弦前，药味平平气象全。
> 采得归来炉里炼，志心功果即西天。"

读者读到此处，一定要慢下来，细细品味孙悟空对月亮之盈缺的看法。这里既有天文知识，又充满着哲学、宗教的理趣。

月圆月缺"乃先天法象之规绳"，月亮就是我们人生的导师，苏轼对此说得很明白，"月有阴晴圆缺，人有悲欢离合"。阴晴圆缺、悲欢离合、生老病死，对人生而言，只是一味味平常的药。人活在世界上，达到什么样的境界算是归故田了？古人说得非常好,"心空及第归"。

孙行者给师父上的一课,效果很好:

> 那长老听说,一时解悟,明彻真言,满心欢喜,称谢了悟空。

沙悟净一路上话不多,但他在赏月时表现出了昔日的卷帘大将具有的非凡的悟性。

> 水火相搀各有缘,全凭土母配如然。
> 三家同会无争竞,水在长江月在天。

许多《西游记》爱好者,都对沙僧这首赏月诗做了过度解读,说诗中的"水"指江流儿,"火"指白龙马。其实这是没有根据的。读这首诗要采用极简的方法。

"水"就是月亮,"火"就是太阳。太阳和月亮相呼相应相搀相衬,是缘分。

"土母"也叫地母,就是地球。"全凭土母配如然",月亮之圆缺阴晴,全凭着有地球在当中调节。

这首诗的中心在"三家同会无争竞"一句,太阳、月亮、地球三者的关系永远是和谐的关系,而非你死我活的竞争关系。这就道出了人与人相处的最高境界,人在某种关系群里在一起是缘分,要和谐相处,彼此相依,和而不同。

"不同"是自然的大境界,不同就是"水在长江月在天",不同就是"千江有水千江月,万里无云万里天"。

这个沙僧,道行绝不逊色于悟空。从这首诗中,我们也不难理解,沙僧在一路上为什么总是一个老好人的角色,他是一个矛盾的调停者。因为他信奉"和",他没有争强好胜之心。

沙僧这首赏月诗对唐僧的开示效果十分明显:

> 那长老闻得,亦开茅塞。正是理明一窍通千窍,说破无

生即是仙。

此时,八戒的发挥毫不逊色:

八戒上前扯住长老道:"师父,莫听乱讲,误了睡觉。这月啊:

缺之不久又团圆,似我生来不十全。

吃饭嫌我肚子大,拿碗又说有粘涎。

他都伶俐修来福,我自痴愚积下缘。

我说你取经还满三涂业,摆尾摇头直上天!"

其言论大有庄子的风范,其对月亮圆缺的认知,从自我出发,直面人生本来就不可能有的圆满。老猪认为,上天对人基本上还是公平的,伶俐者自然能修来福,痴愚者亦有积下缘。

八戒同样是一个大彻大悟者,老猪之慧根远非你我能比。

37. 乌鸡国国王的自尊

文殊菩萨受佛的旨意,要让那个喜欢斋僧的国王到西天去证个金身罗汉。

这真是天大的好事。可是问题来了。文殊去度他时有个规矩,不可原身相见,就是不能把身份亮出来。就像今天组织部决定提拔官员进行秘密考察一般,让人家毫不设防,露出应有的本性来。这就使得他跟乌鸡国国王的沟通不对称起来。这个乌鸡国国王如果知道那个凡僧是文殊,知道他是专程来度自己的,定将二话不说,急吼吼地上天证个金身罗汉了。

问题在于,文殊菩萨要度他,也不是说一句话的事情,还得考验他。

现在文殊就变成一个凡僧,而且这个凡僧对皇帝还出言不逊。这个时候,皇帝的自尊心受不了了。

这个皇帝,有天下皇帝的通病,喜欢听皇帝万岁万岁万万岁。大概生来从没听过批评的话。

文殊是主智慧的。他要看看这个皇帝的智慧如何,是不是听得进去难听的话。

大概文殊是第一个冒犯乌鸡国国王的人,所以国王一点都不心慈手软,他要杀人了。

他把"凡僧"绑了,还把他浸在御水河中。这就有点过分了，这分明是要那个凡僧死。

当初孙悟空冒犯如来，如来也只是将他轻轻合在了五指山下。不像玉皇大帝被冒犯了，让太上老君把猴子放在八卦炉里用三昧真火烧。出家人当有慈悲的襟怀。这个国王，显然证不了金身罗汉，显然还要修炼。于是如来就着令青毛狮下凡为妖，推国王下水，替文殊报三日水患之恨。这不是冤冤相报，是要了因果。

如来也无法让人逃脱因果。

天下皇帝最大的问题，就是妄自尊大，在臣子面前妄自尊大，在凡夫面前，更是目空一切。

这个世界上，几乎所有的人都是"尊者"，动不动就生气，骂你一声"猪"，就忘记实事求是，以为被侮辱了，好像自己真成了猪一般。所以，我们离金身罗汉还远着呢，都得在水里淹上几年才知道，"尊严"其实是别人给的。

《隋唐嘉话》中有一段话，颇有意味：

> 娄师德弟拜代州刺史，将行，谓之曰："吾以不才，位居宰相，汝今又得州牧，叨据过分，人所嫉也，将何以全先人发肤？"弟长跪曰："自今虽有唾某面者，某亦不敢言，但拭之而已。以此自勉，庶免兄忧。"师德曰："此适所谓为我忧也！夫前人唾者，发于怒也；汝今拭之，是恶其唾而拭之，是逆前人怒也。唾不拭，将自干，何若笑而受之？"

这个娄师德才是真正的"尊者"，他教即将为官一方的弟弟，要全先人发肤，则别人吐唾沫，得放下那些不值几个钱的"自尊"，让唾沫在脸上自己晾干才行。

进寺庙，我们看到五百罗汉或八百罗汉，他们被称为"尊者"，这个"尊"可不是"自尊"，而是别人给的尊重、尊敬、尊严。

乌鸡国国王不能忍受文殊的言语之难，离金身罗汉还远着呢。被淹了三年的国王最终回到朝堂，又回到了山呼万岁的时光，他是怎么想的呢？

> 那皇帝那里肯坐，哭啼啼，跪在阶心道："我已死三年，今蒙师父救我回生，怎么又敢妄自称尊；请那一位师父为君，我情愿领妻子城外为民足矣。"

死了三年，皇帝都不想做了，再也不敢"妄自称尊"，想做百姓了。

要把皇帝让出来，那可是天大的好事。这是佛在借乌鸡国国王考验唐僧师徒了。现在的便宜比之前大了，"四圣试禅心"那一回，可以得田产、得妻妾，唐僧和老猪多少有点动摇，今天留下来可以做一国之君，做帝王梦了，那诱惑是空前的。

"那三藏那里肯受，一心只是要拜佛求经。"很争气。

> 行者笑道："不瞒列位说，老孙若肯做皇帝，天下万国九州皇帝，都做遍了。只是我们做惯了和尚，是这般懒散。若做了皇帝，就要留头长发，黄昏不睡，五鼓不眠；听有边报，心神不安；见有灾荒，忧愁无奈。我们怎么弄得惯？你还做你的皇帝，我还做我的和尚，修功行去也。"

在行者看来，做散仙要比做皇帝老子有意思得多。

原来，做皇帝在猴子眼里，是苦差事，身不由己，实在没啥意思。

38. 强者多慈悲

观音要收伏圣婴大王,她的常规武器是净瓶,这个净瓶被观音抛入水中,转过了三江五湖、八海四渎,装进了所有的海水,由恶龟驮出。装满水的净瓶孙悟空拿不动,美丽的善财龙女能拿得动。菩萨打趣悟空,龙女貌美,净瓶是个宝物,她怕美色和宝贝被悟空都骗了去,让悟空留一样东西作抵押,可悟空一毛不拔。

菩萨真是一个有趣味的人。

收伏红孩儿,观音还用了进口武器,要木叉到李天王那里借用了天罡刀。

可见圣婴大王是强敌。西天路上,孙悟空在圣婴大王身上吃的苦头是最大的,被三昧真火烧得火气攻心,三魂出窍。

两军交战,生灵涂炭,战争从来就如此。人类战争常常于战后打扫战场,菩萨伏魔却在战前打扫战场。

> 菩萨道:"……我今来擒此魔王。你与我把这团围打扫干净,要三百里远近地方,不许一个生灵在地。将那窝中小兽,窟内雏虫,都送在巅峰之上安生。"

菩萨尊重生物的多样性,她的眼里可没有益虫、害虫之分,所有生命都得好好保护。

人类开战就不一样,第二次世界大战中,日本军队冲进南京城，大肆屠杀，妇女、孩子全不放过。美军为震慑日本，干脆在日本的广岛和长崎扔了两颗原子弹，老人、孩子、草木、虫豸全部遭殃。

人类战争，不顾生灵。《西游记》中观音擒魔打扫战场的慈悲，还真应该让那些好战者好好学学。

这个世界，真正的力量来自大慈大悲，好战者天天想着报仇雪恨，骨子里其实都是弱者。

当初，如来跟悟空斗，称为炼魔。今日观音擒红孩儿，也只是炼魔而已。

那天罡刀变化的莲台，菩萨坐是莲台，妖精坐就是天罡刀。

就像领导的位置，坐上去，有人如坐春风，有人如坐针毡。德使然，命使然，要看个人的修为。

伏魔的过程，当然会有反复。如孙悟空压在五行山下五百年。圣婴大王享受了孙行者和熊罴怪同等的待遇，戴上了五个金箍，缚手、缚脚、缚头。身体的臣服是表象，心灵的臣服方能修成正果。

观音对红孩儿实施心口如一的体罚，她对悟空说：

"悟空，这妖精已是降了，却只是野心不定，等我教他一步一拜，只拜到落伽山，方才收法。"

如今说，童子拜观音，五十三参，参参见佛，即此是也。

慈悲者不杀，未必不罚。

菩萨教育红孩儿的过程，招招见罚，为教育部门所不许也。

用水淹，用金罡刀，戴铐，用"观音扭"锁住手脚，最后一招，一步一拜千里万里磕头拜佛，也拜老师。

由此我们教育工作者想到，对一部分学生，当"罚"成为一条禁令的时候，大概观音也无法让现在的一些皮孩子修成正果。

禁罚，可能是教育界的懒政。处罚可能全在师父的拿捏，而不是靠行政的许可或不许可。

这也许就是慈悲的教化。

可是假如师父不够强大，不够智慧，那该咋办呢?!

39. 红孩儿凭什么修成正果

一个很有意思的质疑：红孩儿，凭什么就修成了正果？

突然发现，这真是一个很有意思的问题。

我们先来看红孩儿的背景，他是牛魔王和铁扇公主的儿子，他的家庭条件，超凡不脱俗。他妈是铁扇公主，也叫罗刹女或铁扇仙，拥有能灭了三昧真火的芭蕉扇，此谓超凡；不脱俗是指她在情感上控制不了自己老公，她喜欢俗事人情，后来红孩儿成了观音身边的善财童子，她一点都不喜欢，喜欢的是俗世母子相见的天伦。牛魔王，是平天大圣，逍遥自在，基本不着家，既是神仙，又是凡夫俗子。

红孩儿的发展起点很高，他很有见识，他曾在火焰山修行三百年。

他修行的最大法力是什么？能驾驭三昧真火。三昧真火是什么火？《西游记》第四十一回是这么说的：

> 肝木能生心火旺，心火致令脾土平。脾土生金金化水，水能生木彻通灵。生生化化皆因火，火遍长空万物荣。妖邪久悟呼三昧，永镇西方第一名。

人都有火气，心火肝火，有人发火，伤心伤肝伤脾伤肺，火遍长空万物枯，就是让他去南极、北极纳凉，也灭不了心头之火；有人发火，相生相克，生生化化，火遍长空万物荣。凡人大都是前者，圣婴大王则是后者。

凡人生火，是找"死"，缩短阳寿，红孩儿玩火，是立威。

我们再看红孩儿的相，修了三百年，还是一个孩子相，叫"圣婴"。我们凡人呢，越修越老成，越修离婴儿相越远，修了几十年，已经变得老气横秋，以为自己有一肚子经纶了，到了八九十岁，以为"德高望重"，心火肝火一旺，脑子里就发生爆炸，心脏也吃不消，最后阎王爷就找上门来了。

所以，圣婴大王实在了不起，活了三百年，还是一个婴孩。

老子《道德经》云："专气致柔，能如婴儿乎？"

修了三百年的红孩儿，其"道"的境界就是如"婴儿"状态，就是我们通常说的"赤子"。

西方的《圣经》也说，如果"你不是孩子，那你就下地狱"。

孩子往往有无知无畏的心态。这样的心态，让红孩儿与观音有了平等对话的可能，红孩儿敢假扮观音骗猪八戒，敢坐观音的莲花宝座，无知无畏的天真，实在也是可爱的表现。

红孩儿的道行是"永镇西方第一名"，菩萨是收定了红孩儿，这个三百岁的妖精离"正果"还有一步之遥。面对这样的优等生，观音赶紧收他做了善财童子。

如此看来，收伏红孩儿实在是一箭三雕的事情。

一是为佛张了门面，收了一个修"道"的弟子；二是给唐僧师徒制造一难，让他们在西行路上攒一个学分；三是壮大了自己落伽山的力量。

这么说来，红孩儿还真是功德无量。

40. 龙生九种个个不同

泾河龙王的地位很低。因为与袁守诚赌雨，故意错了时辰，又克扣了点数，玉帝"法不容情"，着令魏征梦中斩龙，泾河龙王想跟唐太宗开个后门，结果还是落了脑袋。

值得安慰的是，泾河龙王与西海龙王敖闰的妹妹，生有九个孩子。八个很有出息，有的住济渎，有的占江渎，有的替佛祖司钟，有的守擎天华表，有的砥据太岳……大凡都有正经的工作，只有第九个孩子鼍龙似乎不够争气。

稚子败家，这真是一个有趣的教育问题。

小鼍龙没啥出息，他的舅舅把之归结为"龙生九种，九种各别"，好像这个"龙的传人"天生就是个大坏蛋，但读者如果认真阅读黑水河真神在孙悟空面前的控诉恐怕，就不会这么想了：

"那妖精旧年五月间，从西洋海趁大潮来于此处，就与小神交斗。奈我年迈身衰，敌他不过，把我坐的那衡阳峪黑水河神府，就占夺去住了，又伤了我许多水族。我却没奈何，径往海内告他。原来西海龙王是他的母舅，不准我的状子，教我让与他住。我欲启奏上天，奈何神微职小，不能得见玉帝。今闻得大圣到此，特来参拜投生。万望大圣与我出力报冤！"

这小鼍龙为什么敢为非作歹？原来他是有官僚后台的，有西海龙王这个舅舅给他撑腰。这个西海龙王面对外甥杀人水族、占人办公地点，却徇私枉法。这个西海龙王就是黑势力的后台老板。黑水河真神想启奏上天，也就是想到天庭的信访办投诉，可是普通百姓根本就不可能有机会见一把手。真是天高皇帝远，想告御状那是做白日梦，对黑水河真神而言，这个世道比黑水河还黑。

家族袒护，皇帝管不着，小鼍龙这股黑势力就这么培植起来了。

按理说，小鼍龙强占水神之宅，绑架唐僧、八戒，也该问罪。可孙大圣也是一个通人情的人，孙大圣有了慈悲心。一则看在跟西海龙王的昆玉之情（兄弟之情）分上，想当初西海龙王也曾经赠送过他一副锁子黄金甲；二则看在小鼍龙年幼无知的分上。孙大圣得饶人处且饶人，只顾救唐僧和八戒，对小鼍龙的家庭教育问题，不想管也管不了。

在《西游记》中，小鼍龙制造的第三十二难，难度系数很低，西海龙王的储君摩昂太子就把这小鼍龙给收伏了。

但"黑河沉没"那一难，我们能够明显看出，西行路上，孙悟空的脾性有了很大的转变，面对"黑"，他也懂得照顾人情了，变得有尺度地慈悲起来。

人经历的灾变多了，一种人，心会变得越来越坚硬；一种人，心会变得越来越柔软、宽容和慈悲。

孙悟空属于后一种。

龙生九种，九种各别。只有这样，这个世界才会变得多元起来，精彩起来。

41. 佛道无争争在人

观音菩萨曾经向太上老君开口，想借用一下他两个司炉的童子。第一次开口，太上老君没有行动；第二次开口，太上老君仍没有行动；第三次开口，太上老君就不好意思了。

为什么不好意思？因为玉帝已经罚那个在人间情感受挫的奎木狼星去做司炉了。太上老君不好意思再推诿了，于是让两个童子下凡，变作金角大王和银角大王，给唐僧师徒制造灾难。

太上老君当初为什么不肯让两个童子下凡？因为他知道这两个童子最终必将被取经团队收伏。金角大王和银角大王下凡演绎的故事，说到底是长了别人的志气，灭了自己的威风。

当然，"道"不是吃素的。银角大王以泰山压顶之势，给孙行者制造了灾难。所以"道"和"佛"之争斗，表面上输得很狼狈，连太上老君的裤腰带都被孙悟空没收了，但是斗争的过程还是比较艰难的，太上老君的那些法器，威力实在不可小觑，所以老君输得实际上还是比较光彩的。

佛道相争，其实只是切磋，但在下层常会成为你死我活的争斗，发展到白热化程度是在车迟国，虎力大王、鹿力大王、羊力大王变成的道士威力无比。在车迟国，和尚无能，不会呼风唤雨，三个道士神通广大，让车迟国风调雨顺，于是那个功利的国王把道教定为国教，把三个道士尊为国师，对他们言听计从，开展了全国范围的灭佛运动。大批和尚被虐而死，活着的沦为做苦力的。五百僧众求生不得，求死不能。

在天上，佛与道从来和而不同，至少在《西游记》中我们看不到佛、道闹翻脸的场面，圣人之间从来只讲切磋。

但在人世间，教义相争，常常"你死我活"，表现出无法调和的状态。

英国著名作家江奈生·斯威夫特写过一部小说《格列佛游记》，小说中写道，两个小人国彼此战争不断的原因是吃鸡蛋的问题，一个国家主张吃鸡蛋先磕大端，一个国家主张先磕小端，因为吃法无法统一，于是形成了大端派和小端派，两派经常发生战争，争个你死我活，无休无止。

今日世界，很多矛盾的根源是意识形态问题，无论是俗世的政治家还是所谓的教主，他们常常忽略了亲善要本。政教的混合、派别的争斗，常常会让俗世的教徒忘记了"顺从""和平"的初衷。

人是最容易迷失方向的动物。人类狭隘的意识形态有时就荒唐如小人国吃鸡蛋的形式。

孙悟空由道入佛，佛道兼修，在车迟国，他的本事得到了淋漓尽致的彰显：

越位玉皇大帝呼风唤雨，灭了邪道的威风；

隔板猜物的小游戏，戏弄了邪道，也戏弄了国君；

高台坐禅，面对邪气，以恶治恶，占了上风；

玩砍头、弄剖腹、下油锅，这些游戏残酷而富有童趣，充分体现了人世间邪道违背教义的邪恶。

人间的佛道相争以鲜血为代价。

在九霄云外的高层，只有佛道之别，不存在争斗。九霄云外，讲究和而不同，有分别，根本不是问题。三界大佬们关注的是权力的平衡，因此，玉帝会扶持如来，也会制衡老君。老君有的是气度，适时也主动选择退让。

在底层却不同了。自古有言，道不同，不相为谋。几乎所有的人间国度，因为意识形态的不同而成为对立状态。为了争夺国民的信仰权，千百年来，一次又一次地上演各种大战，劳民伤财，生灵涂炭。

因此，读了车迟国的故事，我们不得不佩服今日中华文化兼容并蓄的神奇魅力。泱泱中华，儒、释、道成为一家，西学为用，中学为体，或互为体用，让我们这个民族以开放包容的姿态，屹立于世界民族之林。

这让我想起了2008年北京奥运会主题歌歌词：

……我家大门常打开，开放怀抱等你，拥抱过就有了默契。你会爱上这里，不管远近都是客人，请不用客气，相约好了在一起。我们欢迎你……北京欢迎你，为你开天辟地，流动中的魅力充满着朝气……

文字简单，意蕴深远，值得咏唱。

42. 求死不得的苦楚

《西游记》中很多细节浸透着生命的况味。第四十四回写道，车迟国那些和尚心正，却敌不过妖邪。正所谓，高尚是高尚者的墓志铭，卑鄙是卑鄙者的通行证。车迟国那些心正和尚身受外道的折磨，做尽苦力，累死了六七百，自尽了七八百。只有五百个却不得死。

那五百个，悬梁绳断，刀刎不疼，投河的飘起不沉，服药的身安不损。真是金刚不坏之身。

这五百个生命，是佛之星火，他们受外道邪侵骨髓之苦，大概也没念过《大悲咒》，只晓得苦得日子过不下去了，一心想着自杀。

行者和他们开玩笑：

"你却造化，天赐汝等长寿哩！"

这些个不够争气的和尚道：

"老爷呀，你少了一个字儿，是'长受罪'哩！我等日食三餐，乃是糙米熬得稀粥。到晚就在沙滩上冒露安身。才合眼，就有神人拥护。"

和尚真是凡胎，无福而长寿还不如早死算了。整天拉车，运货，吃不好，住不好，那些个"革命者"最后也不管佛之教义，都急着想死。

想必他们也没读过《金刚经》,无我相,无人相,无寿者相,这些个和尚,白白苦修了一回。

喜欢苦修的律宗高人,一定会恭喜他们,这真是一个现存的修炼机会。

所以,车迟国出现灭佛现象,其原因是多方面的。表象在邪道入侵,帝王恋邪道,"抟砂炼汞,打坐存神,点水成油,点石成金",恋长命百岁。其本质是尘世佛之信众,本身缺乏坚定的苦修精神。

一个真正的修行者需要哪些苦修精神呢?

小说其实说得非常明白:

外道与唐僧云台坐禅,比的是定力,炼"忘我"的品质,唐僧没修成正果,臭虫一咬自然就难受了,妖道被悟空变的蜈蚣咬了,也即刻掉下云台。

比"无我相",脑袋搬家,掏心玩肠,不痛苦,那就是无"我"相。"我"都没有了,还会有什么苦呢?同样,入油锅,要进得去不稀奇,玩小窍门让"冷龙"帮忙,那也不稀奇,要在热气腾腾的油锅里出得来,那就"齐天大圣"了。那羊力大王,进得去却出不来,最后就呜呼哀哉了。

光有正心还不够,还要能透过现象看本质。妖道与唐僧隔板猜物。第一次放进去的宝贝是山河社稷袄和乾坤地理裙,这是表象,本质是一个昏聩的君主有再珍贵的宝贝,也只是"破烂流丢一口钟";第二次放进去的表象是一个仙桃,本质只是一个被悟空啃完肉的"核";第三次进去的表象是一个道士,出来的本质却是一个"和尚"。

和尚也罢,俗人也罢,有正心固然会有六甲六丁、护法伽蓝的庇佑,但真正要强大起来,靠的是般若的大智慧。没有般若的大智慧，在昏乱的时代，高尚可能就是高尚者的墓志铭，因为高尚者，在心智上是有缺陷的。

车迟国的和尚也只是和尚，离罗汉远矣。受难而不得死，对他们而言，真是"苦"也。

那么，我们呢？能定，能静，能安，能虑，能得吗？我们看得到生活的本质吗？我们鼻恋芳香，眼喜美色，舌好佳肴，耳迷佳音，得之若惊，失之若惊，在钞票、房子、美色面前，忘记了战战兢兢、如临深渊、如履薄冰的警惕，结果被邪道一侵，就苦得求死不能了。

43. 生而为人的尊贵

我是从什么时候感觉到,此生为人是非常尊贵的呢?20世纪九十年代,夏天在隔壁邻居园子里纳凉,那台黑白电视机里正在播放电视连续剧《西游记》。看到唐僧得老鼋相助渡过通天河时,这只傻兮兮的神龟居然说:

> "不劳师父赐谢。我闻得西天佛祖无灭无生,能知过去未来之事。我在此间,整修行了一千三百馀年……万望老师父到西天与我问佛祖一声,看我几时得脱本壳,可得一个人身。"

神龟,居然想脱本壳成为人。真是奇怪。好人不长命,坏人活千年,那也只是祖宗留下来的玩笑话。这神龟,活了一千三百多年,居然要做活不过百年的人。

世上人活得大都艰难,在精彩的世界上,为了骗一张嘴巴,忙忙碌碌。人生一世,草木一秋,却常怀千岁忧。元代卢挚有一首小令,很好地计算了人生的短暂:

> 想人生七十犹稀,百岁光阴,先过了三十。七十年间,十岁顽童,十载尪羸。五十年除分昼黑,刚分得一半儿白日。风雨相催,兔走乌飞。仔细沉吟,不都不如快活了便宜。

这只乌龟居然想脱本壳,想成为人。可见此生为人,咱们是修了多少万年才得了这样的果报。

可是我们人啊，往往不珍惜这样的果报。

这个从南赡部洲去西天取经的唐朝和尚，到西天脱胎换骨，受到如来的耳提面命，又是兴奋，又是胆战，如来对他如是说：

"你那东土乃南赡部洲。只因天高地厚，物广人稠，多贪多杀，多淫多诈，多欺多诈；不遵佛教，不向善缘，不礼三光，不重五谷；不忠不孝，不义不仁，瞒心昧己，大斗小秤，害命杀牲，造下无边之孽，罪盈恶满，致有地狱之灾：所以永堕幽冥。"

老和尚大概吓得记忆全被格式化了，他哪想着替老鼋问几时得脱本壳，我怀疑他想着问，也没这个胆子开口了。

孔子说："人而无信，不知其可也。大车无輗，小车无軏，其何以行之哉？"

当初孙悟空让唐僧坐在老鼋身上过河，唐僧不敢。悟空就说：

"师父啊，凡诸众生，会说人话，决不打诳语。"

结果，唐僧偏偏对那修行了千年的老鼋食言，驮着经文回大唐的和尚再过通天河，就没法交代了。

老鼋驮着他们……忽然问曰："老师父，我向年曾央到西方见我佛如来，与我问声归着之事，还有多少年寿，果曾问否？"

唐僧自然不敢诳语，无言以对，被老鼋淬入水中，经卷全湿。

《西游记》作者为唐僧做了完美的开脱：

原来那长老自到西天玉真观沐浴，凌云渡脱胎，步上灵山，专心拜佛及参诸佛菩萨圣僧等众，意念只在取经，他事一毫不理，所以不曾问得老鼋年寿。

那么重要的事，唐僧居然没做一下备忘录，老鼋自然生气。唐朝和尚自己修成了正果，就忘了关心别人成"人"的时机。

看来，那神龟对南赡部洲的人真是产生了空前的信任危机。

44. 鱼篮观音示现的重要意义

这个美猴王，性急能鹊薄。
诸天留不停，要往里边跞。
拽步入深林，睁眼偷觑着。
远观救苦尊，盘坐衬残箬。
懒散怕梳妆，容颜多绰约。
散挽一窝丝，未曾戴缨络。
不挂素蓝袍，贴身小袄缚。
漫腰束锦裙，赤了一双脚。
披肩绣带无，精光两臂膊。
玉手执钢刀，正把竹皮削。

整个一部《西游记》中，观音菩萨最活泼的形象，是在第四十九回，这里写的是美猴王偷觑到的观音的形象。盘坐在残箬上的菩萨，是一个活泼而清纯无限的女子形象，她没有梳妆，头发散着，还赤了双脚，上身只穿着一件小袄，漫腰束锦裙，披肩松松垮垮，臂膊精光。

衣带自然，庄严不再，绰约多姿，菩萨像是受中央电视台的邀请，准备登上舞台演出了。

悟空去见观音的原因是，向她打听通天河灵感大王的根源。

事实是，观音早晨扶栏看花，却没见到莲花池里修成手段的金鱼出拜,掐指一算,那金鱼下界成精,到通天河害唐僧去了。所以观音还没来得及梳妆,就进紫竹林运神功,编擒拿灵感大王的竹篮了。

西天路上,唐僧师徒所碰到的灾难,应该都在观音和如来的控制范围之内。何以见得?那天菩萨早晨未梳妆就急匆匆地进林子编竹篮,出林后也不着衣登座就撇下诸天,纵祥云而去救唐僧了。

注意了,菩萨外出公干,这次穿的便衣接近于睡衣,这是一个十足的民间形象。何以如此示现?

金鱼变作灵感大王,要吃唐僧,自然紧急,便衣出行情可理解。最重要的是此次出门,菩萨将以"鱼篮观音"的相示现。提篮,肉身凡胎,不加梳妆,首饰全无,让陈家庄的信众观瞻,意义重大。

陈家庄的精神文明建设如何?四个字,一塌糊涂。此处属车迟国地界,过了通天河就是西梁女国。车迟国搞过灭佛运动,信众愚昧,信仰非此即彼,信了道,却要灭佛,全不理会老子"和而不同"的道义。陈家庄人自然古风不存。何以见得?

当通天河被灵感大王作法冰冻之时,三藏看到很多人在冰上行走,跟陈澄有过一段对话:

> 三藏问道:"施主,那些人上冰往那里去?"陈老道:"河那边乃西梁女国。这起人都是做买卖的。我这边百钱之物,到那边可值万钱;那边百钱之物,到这边亦可值万钱。利重本轻,所以人不顾生死而去。常年家有五七人一船,或十数人一船,飘洋而过。见如今河道冻住,故舍命而步行也。"三藏道:"世间事惟名利最重。似他为利的,舍死忘生;我弟子奉旨全忠,也只是为名,与他能差几何!"

从这对话中，我们至少可以知晓，这陈家庄的人做的是二道贩子，为利而不顾生死。如同今天，有人忘稼穑，只顾着倒买倒卖地皮房子。如此信众，必须让灵感大王修理一下，让他们每年把最金贵的童男童女孝敬他。

观音此次下凡，目的有二：一是为唐僧解难，这在她的预设范围之内；二是要感化那些愚蠢的信众，那些人，不相信苦口婆心，给他们个庙子拜拜也定是心口不一，进庙要神保佑，也只是满嘴的诉求，一肚子欲望，观音这回是要亲自示现，以最真实、最亲切的形象出现，让他们虔信菩萨的存在，让他们相信佛的力量。

故此，"鱼篮观音"在观音的三十二相中最活泼、最亲切，她成了一个从南海潮音洞里赤脚出行的美人，一尊落伽山的菩萨，一个救苦救难的观自在。

45. 爱欲神昏遇魔头

《西游记》第五十回至第五十二回，足三个回目，记录的是太上老君的青牛下凡，给唐僧师徒制造灾难的事。

唐僧西天取经有八十一难，其中由青牛精主导的就有三难。这三难的根由似乎是由太上老君自幼炼成之宝，也是他当初过函谷关的化胡之器——金刚琢制造的。

唐僧、八戒、沙僧怎么会连累悟空、众神乃至十八罗汉陷入太上老君那金刚琢的圈套的呢？

《西游记》第五十三回，在太上老君的帮助下，青牛被伏。唐僧感慨万千：

"徒弟，万分亏你！——言谢不尽！——早知不出圈痕，那有此杀身之害。"

这是一个什么圈痕？第五十回《情乱性从因爱欲 神昏心动遇魔头》有载，师徒四人渡了通天河，过一山，见山凹楼台高耸，房舍清幽。唐僧饥饿难耐，以为是一个好去处，悟空认为那是蜃化虚幻之景，不可亲近。悟空为了能放心地去化斋，用金箍棒画了一道圈子，并苦口婆心关照：

"老孙画的这圈，强似那铜墙铁壁。凭他甚么虎豹狼虫，妖魔鬼怪，俱莫敢近。但只不许你们走出圈外，只在中间稳坐，保尔无虞；但若出了圈儿，定遭毒手。千万，千万！至祝,至祝!"

可是坐在圈里的唐僧不甘寂寞,坐在圈里的老猪认为这圈就是古人的"划地为牢",坐在圈里的沙僧毫无主张。于是三人就失了主意,没了信仰,偏就出了圈,偏就往那蜃气所化的楼阁之所奔去。

孰知,人生出一个圈,必将进入另一个圈。

另一个圈里有啥?那幻化的楼台馆阁,形如公侯之宅,相辅之家,象牙床上,白媸媸的一堆骸骨,骷髅有巴斗大,腿挺骨有四五尺长。

老猪这个呆子,非等闲之辈,见此,腮边落泪,仿佛彻然大悟,忽就点头感叹云:

　　那代那朝元帅体,何邦何国大将军。
　　当时豪杰争强胜,今日凄凉露骨筋。
　　不见妻儿来侍奉,那逢士卒把香焚?
　　谩观这等真堪叹,可惜兴王霸业人。

老猪一下子仿佛成了一个大文豪,顿悟:无论你生前多么辉煌,死后都是一堆白骨。所以,贪婪毫无意义。

可是,在这个圈子里,令人滴泪的具象形如今天的心灵鸡汤,在情欲面前,大多数人毫无免疫力。老猪在象牙床的帐后看到了三件锦绣绵衣,那是三件纳锦背心儿。

面对漂亮的纳锦背心儿,唐僧坚拒非礼之物,老猪和沙僧被爱欲驱使,将纳锦背心穿上了,于是被"缚"了。

你看,见到骷髅,顿悟贪婪毫无意义,转身见了"华衣",却立马情乱性从。

这也许就是人的劣根性。

所以,八十一难中,青牛制造的三难,其根由不在太上老君的金刚琢，而在唐僧、老猪、沙僧他们心性为华屋、华衣给绑架了。

第五十回题为"情乱性从因爱欲　神昏心动遇魔头"，遭遇魔头，其根在神昏心动。人一旦钻入这样的圈子，齐天大圣救不了，天神救不了，知道魔难根由的如来也救不了。

因了华居、华衣而化衍的三难，让太上老君牛气冲天，最终是太上老君擎着芭蕉扇降伏了拥有金刚琢这个怪圈的青牛所化的独角兕大王。

道在佛面前，真是过了一把瘾！

46. 牛魔王家族的俗世人生

《西游记》第五十三回中，如意真仙给唐僧师徒制造的灾难，其情节是最单薄的。

唐僧和老猪都喝了西梁女国子母河的水怀了鬼孕。出家人怀孕，真是中了邪了，这胎当然得打了，但打胎得喝解阳山破儿洞的落胎泉。

如意真仙没有发明打胎的专利，落胎泉这样优质的自然资源却被他独占了，他就倚靠自己的强势开了一家专卖店。

如意真仙是牛魔王的弟弟，红孩儿的叔叔。牛魔王家族都喜欢自在，对孙悟空让红孩儿到南海做善财童子怀恨在心。如意真仙当然不愿意把落胎泉给孙悟空。

注意了，在西行路上，牛魔王家族的势力不可小觑：火云洞的红孩儿占山为王，玩的是三昧真火；解阳山的如意真仙，占有的是落胎泉，在情欲横流的世界，落胎确实是发财的营生；火焰山的铁扇公主，拥有的是芭蕉扇，发的可谓是国难财。

这个家族的老板牛魔王是无事散仙，不着家，外养小妾玉面公主，逍遥自在。他们家好像不太追求修成"正果"的目标。对作为"富二代"的红孩儿被观音收为善财童子这件事，他们的认知是统一的。

如意真仙责难悟空："我舍侄还是自在为王好，还是与人为奴好？"如意真仙，是假仙，他要的是为王的自由。

铁扇公主罗刹女恨的是，"我那儿虽不伤命，再怎生得到我的跟前，几时能见一面？"她要的不是"正果"，她要的是凡人的亲情，能自由地跟儿子在一起。

为了芭蕉扇，孙悟空去积雷山找牛魔王，牛魔王责怪："怎么在号山枯松涧火云洞把我小儿牛圣婴害了？"牛魔王根本不在乎儿子能"享极乐之门堂，受逍遥之永寿"，牛魔王在乎的是，这个曾经结拜的弟兄，让红孩儿失了他精心准备的地盘，欺了他的妻和妾——牛魔王有妻有妾，似乎是一个成功男人。

从这个角度而言，牛魔王家族追求的是俗世的自我满足。这样的满足，曾经也是猪八戒的追求。天蓬元帅被打入凡间为妖，做过倒插门，积累了不少财富，后来一心想的就是在高老庄好好过日子。乌巢禅师曾经几次想收他为徒，让他得一个正果，他也不愿意。"四圣试禅心"中，他仍有倒插门的强烈愿望。到了女儿国，还是想留下来好好过自己的日子。

无奈老猪是戴罪之身，受观音点化，不得不将功补过。

牛魔王家族就不一样，这个家族的秩序是被想吃唐僧肉的富二代"红孩儿"改变的，这似乎跟孙悟空有直接关系。

具备"人性"的家族，本身是不好改变的。

所以，降伏红孩儿时，观音得做足准备，带了灌了一海水的净瓶，向托塔天王借了三十六把天罡刀，还用掉了当年如来所赐的"金箍"，可谓大动干戈。

牛魔王也有七十二般变化，收伏牛魔王的场面，更加壮观，天兵、佛兵全出动了。

俗话说，道高一尺，魔高一丈。道高一尺，缘于道有度，有规矩；魔高一丈，在于魔任性，无法、无天、无佛，自己就是自己的王。

对于佛而言,牛魔王家庭是值得网罗的人才,伏牛的过程,其本质是伏众生的过程。

世上土财主,多的是牛魔王之流,可惜无缘修成正果。因为,他们无缘与取经队伍邂逅。

47. 妖怪的资质

熊罴怪的资质非常好，自学成才，修成人道，而且还好为人师，把自己修道的经验传授给了那个喜爱收藏各色宝贝的金池长老，让金池长老活到了两百七十岁。

我们怎么看待"修成人道"这一回事？只要想想，通天河那只渡唐僧过河的老鼋，整整修行了一千三百余年，虽然延寿身轻，会说人语，但老鼋最关心的事情就是要唐僧到西天问如来，他啥时能脱本壳成人道。

收了熊罴怪，实际上就是收了一个现成的一等一的好学生，这个学生只差一步就可以成正果，这一步就是去观音普陀高等学府做守山大王。

《西游记》中二等资质的妖怪，诸如黄风怪，那是如来灵山的貂鼠所变。貂鼠就不是自学成才，而是灵山高等学府的学术氛围潜移默化地影响了他，再加上他还偷食了琉璃盏的清油，于是这个旁听生的进步很快，得道了。所以他下界为妖，威力无比，一股黄风可以吹到三十三重天，让太上老君无法正常工作，还吹倒了观音普陀的基础设施。灵山也尊重生物的多样性原则，像黄风怪这样，学习比较努力、犯点小错的灵山籍动物，如来是不会杀的。与黄风怪有着相同命运的是观音普陀莲花池里的那条金鱼，那条金鱼也是每天浮头听经，修炼成手段，他在车迟国通天河里变作妖精，每年都要吃童男童女，居然还想吃唐僧，最后被观音降伏了，也饶了性命。

我们再来说说《西游记》里的"三等公民"蝎子精吧。

蝎子精在大雷音寺听佛讲经，接受了灵山最富营养的高等教育。这只蝎子精一定是如来的粉丝，听课的时候就匍匐在如来的身边。我想，她听课的时候一定比当初的金蝉子要专注得多。可是，在大雷音寺的课堂上，这只蝎子精是不速之客。如来呢，大概也不晓得我们东方的圣人孔老夫子"有教无类"的教育箴言，还用手推了她一下。结果蝎子精用她那"倒毒钩"刺伤了如来左手中拇指，让昔日被哥利王肢解身体也不疼的如来，也疼痛难禁。

注意，那只毒蝎，拥有"美色"的毒蝎，伤了世尊。

注意，如"毒蝎"的美色后来来到了女儿国，要伤害唐僧，想让唐朝和尚做她相公。和尚的美色迷了毒蝎，和尚在如"毒蝎"的美色面前八风吹不动，保护了自己的元阳。为了救唐僧于"女祸"之中，齐天大圣孙悟空也被"毒蝎"伤了，天蓬元帅也被伤了。

面对有毒蝎之心的美色，齐天大圣没辙了。救苦救难的观音菩萨（传说观音是男儿身女儿相），也没办法靠近这个毒蝎变的"女色"。

观音说，昴日星官能治她。昴日星官长得实在难看，他不怕女色，毒蝎般的女色怕他。昴日星官变成一只大公鸡，对妖精叫一声，振聋发聩，女色就现了本象，再叫一声，振聋发聩，那蝎子精浑身酥软，死在坡前。

这实在是一只不知天高地厚的蝎子精，她咬过如来，伤了他一根手指。如来的手掌是多么值得敬畏的东西，孙悟空都领教过如来手掌的厉害。这只毒蝎白听了佛经，她远远不如当初那只黄毛貂鼠，黄毛貂鼠听了佛经，偷了精油，知趣地逃到人间为妖，一股风长了灵山的威风。黄毛貂鼠本质上是好学生，值得留一条命。蝎子精就没有那么幸运了。她好好学习，进了高等学府旁听，可她的学习动机是为了"劫色"，劫唐朝和尚的色。

当着唐朝和尚宽衣解带，耍流氓。流氓可恶，女流氓尤其可恶。所以这个美女，本质上是毒蝎的美女，活该被收拾至死。

西天路上，"有教无类"不全管用，对灵山的小老鼠管用，对普陀莲花池里的金鱼管用，对菩萨们的坐骑管用。这些个妖精也只是想吃唐僧肉，只有蝎子精不吃唐僧肉，她想破唐僧的元阳。

破了元阳的和尚，就不是和尚，不是和尚娶得老婆，取不了真经，取不了真经，观音这个领了佛旨的"项目经理"就做不成了，唐太宗这个南赡部洲死过一回的皇帝大概也要江山不稳，惶惶不可终日了。

所以有毒蝎之心的美女在西天路上必须死。白骨精要死，蝎子精要死。善良的女儿国国王，因为识趣，可以侥幸不死；玉兔精因为与唐僧有一段宿缘，再加上她主人身份高贵，所以也可以勉强不死。

48. 一棒子打死也是教化

世界上有很多人，具有贼性、匪性、兽性，对他们好言教化不能，严厉惩罚又不许。

北岛有诗："高尚是高尚者的墓志铭，卑鄙是卑鄙者的通行证。"

这时候，需要一个孙悟空，杀了他们。杀了他们就是救了他们。

《西游记》第五十六回《神狂诛草寇　道昧放心猿》中，唐僧碰到三十多个强盗打劫，被吊在树上，强盗打得急了，唐僧为了活命，就不顾出家人不打诳语的戒律，把自己的大徒弟孙悟空供了出来，说买路钱在大徒弟身上。

这个高僧，就把教化强盗的事情——天下最难的事情交给了大徒弟。

大徒弟孙行者，大概也吃尽紧箍咒那无端的苦楚，就把强盗当学生看待，动之以情，晓之以理：

"古书云：'德者，本也；财者，末也。'此是末事。我等出家人，自有化处；若遇着个斋僧的长者，衬钱也有，衣服也有，能用几何？只望放下我师父来，我就一并奉承。"

君子动口不动手。结果，面对盗贼，文明的教化一点都不起作用。

那么，孙悟空就拿出非常规武器——金箍棒吓唬吓唬这几个强盗。

强盗面对金箍棒这样的神器，上前抢夺，面对一万三千五百斤的非常规武器如"蜻蜓撼石柱"，强盗应该知难而退了吧。

结果这类似于今天的军事演习的威慑，贪心的强盗不会掂掂分量，还是不起作用。

怎么办？这伙强盗不好教化。孙悟空再退一万步，"我不入地狱谁入地狱"，他就任那强盗打脑袋，贪心的强盗乒乒乓乓打了五六十下。

竖子不可教也，于是，是可忍，孰不可忍，悟空就用棒打死了两个不知天高地厚的贼寇。

因为懂得，所以慈悲。杀了他们，减了他们的罪孽，也是救了他们。

杀生是罪过，唐僧为两个亡魂祷祝，祷祝词如下：

"拜惟好汉，听祷原因：……我以好话，哀告殷勤。尔等不听，返善生嗔。却遭行者，棍下伤身。……你到森罗殿下兴词，倒树寻根，他姓孙，我姓陈，各居异姓。冤有头，债有主，切莫告我取经僧人。"

现代管理，都讲一把手负责制。这个唐朝和尚说了半天废话，核心是"切莫告我取经僧人"，把罪责推得干干净净。

猪八戒一听，师父你不厚道啊！杀人的是他孙悟空，为什么你只为自己一个人开脱？

于是，唐僧又慎重地补充了一句：

"好汉告状，只告行者，也不干八戒、沙僧之事。"

至此，英雄变得彻底孤独，这世道，苍凉啊！

大圣闻言，忍不住笑道："师父，你老人家忒没情义。

为你取经,我费了多少殷勤劳苦,如今打死这两个毛贼,你倒教他去告老孙。虽是我动手打,却也只是为你。你不往西天取经,我不与你做徒弟,怎么会来这里,会打杀人!索性等我祝他一祝。"撺着铁棒,望那坟上捣了三下,道:"遭瘟的强盗,你听着!我被你前七八棍,后七八棍,打得我不疼不痒的,触恼了性子,一差二误,将你打死了,尽你到那里去告,我老孙实是不怕:玉帝认得我,天王随得我;二十八宿惧我,九曜星官怕我;府县城隍跪我,东岳天齐怖我;十代阎君曾与我为仆从,五路猖神曾与我当后生;不论三界五司,十方诸宰,都与我情深面熟,随你那里去告!"

这话与其说是对死人说的,还不如说是对唐朝和尚说的。

后孙悟空借宿杨家,杨家儿子恰好率众寇来害师徒四人,因为前车之鉴,孙悟空也无法处理"你死我活"的矛盾,一不做二不休,把贼寇杀得干干净净。

只顾逃命,提不出半点策略的唐僧,只管猴子杀人,伤了天地和气,念了十多遍紧箍咒。猴子无奈走了。

离开唐僧的孙悟空,进退两难:

欲待回花果山水帘洞,恐本洞小妖见笑,笑我出乎尔反乎尔,不是个大丈夫之器;欲待要投奔天宫,又恐天宫内不容久住;欲待要投海岛,却又羞见那三岛诸仙;欲待要奔龙宫,又不伏气求告龙王;真个是无依无倚,苦自忖量道:"罢!罢!罢!我还去见我师父,还是正果。"

于是,猴子又回来了,唐僧紧箍咒颠来倒去,又念有二十余遍,大圣疼痛难忍,没奈何,到普陀崖观音那边去投诉唐僧:

"那长老背义忘恩,直迷了一片善缘,更不察皂白之苦!"

菩萨点化悟空：

"唐三藏奉旨投西，一心要秉善为僧，决不轻伤性命。似你有无量神通，何苦打死许多草寇！草寇虽是不良，到底是个人身，不该打死。比那妖禽怪兽、鬼魅精魔不同。那个打死，是你的功绩；这人身打死，还是你的不仁。但祛退散，自然救了你师父。据我公论，还是你的不善。"

菩萨和唐僧是统一战线。大致说来，你有本事护驾，有本事减损性命，就不能滥杀。可以不杀而杀，那就是罪过。

但小说的作者可能并不这么认为，神狂"诛"草寇，一个"诛"字，在人看来，草寇该死，"道昧放心猿"，一个"昧"字，说明唐僧之愚昧。

至于观音的立场，那是佛菩萨的立场。这样的立场非"人"所能及也。

49. 是非面前的谛听

有两个悟空,一真一假。老猪沙僧两兄弟与悟空亲如兄弟,他们肉眼凡胎,难分是非。老猪出馊主意,让唐僧念紧箍咒,还是不辨是非。一真一假去观音那儿,千手千眼的观音同样不分是非。天上众神大多与悟空交过手,可是众神也不分是非。去玉帝那里辨是非,玉帝拿出照妖镜,还是不分是非。

是非自然在,在二心面前,求"是"成了天下最大的难题。

以上神众分不清是非是能力问题。能力有高下,分不清也是没有办法的事情。

掌管生死的地藏王菩萨,养着一只宠物。这宠物集群兽之像于一身,聚众物之优容为一体,虎头、独角、犬耳、龙身、狮尾、麒麟足。那宠物,听力了得,叫谛听,能一霎间照鉴善恶,察听贤愚。

可是是与非能说吗?

谛听不是一般的宠物。它不一般在哪里?

它明白分清是非的结局。中国有一句老话,没有金刚钻就不要揽瓷器活。

在是非面前,谛听与地藏王菩萨的对白,很能让读者成长:

谛听:怪名虽有,但不可当面说破,又不能助力擒他。

地藏:当面说出便怎么?

谛听：当面说出，恐妖精恶发，搔扰宝殿，致令阴府不安。

地藏：何为不能助力擒拿？

谛听：妖精神通，与孙大圣无二。幽冥之神，能有多少法力，故此不能擒拿。

从这段对话中，我们长了什么记性？是非面前，得掂量自己的本事。在邪恶面前，求"真"，有时会生灵涂炭，你又没有救民于水火之中的能力，只能求缓兵之计。

苍凉啊！离真理越近，反而会越危险。

天下圣者，有上上智，入得了地狱，也出得了地狱，舍身喂虎之人，往往有重生之力。

谛听能辨真伪，又明白其间的利害关系，真是聪明绝顶。

六耳猕猴是孙悟空自己的二心所致，每一个人的敌人就是自己，这是一个怎样的自我呢？

小说第五十八回有诗：

> 人有二心生灾祸，天涯海角致疑猜。
> 欲思宝马三公位，又忆金銮一品台。

这二心，就是欲望膨胀的自我。自我一旦膨胀，便是非难分。神明如谛听的动物，面对膨胀者，也不敢说明"是非"。

谛听眼里，能说出"是非"之人，其前提必须能除恶扬善。而西天佛祖是唯一人选。佛能辨明人身，知其来由，且还有法力拿住这"善聆音、能察理、知前后、万物皆明"自以为"是"的二心者。

六耳猕猴在《西游记》中唱了一出精彩的戏，这出戏告诉我们，当自己背叛自己的真心时，要征服二心比登天都难。所幸的是如来当众说出了六耳猕猴的来由，让他妄想破灭，最后被悟空一棒子打死。

　　悟空心中的六耳猕猴在《西游记》里死了,我们心中的"六耳猕猴"靠谁来祛除?我们应该养只谛听,可是谛听在哪儿呢?谛听终日伏在地藏王菩萨的经案下面,我们死了,它就会清算我们的二心了,克克寸寸丝丝毫毫,没有半点差池。可是,世人都相信,"谛听"之说也只是神话而已。

50. 三调芭蕉扇背后的意义

《西游记》第五十九回到第六十一回,写的是孙行者一调、二调、三调芭蕉扇。三回的题目中,用"调"而不用"借",因为"借"是可借可不借,人家不借而强借,那是缺德的行为。而"调"则有点"征用"的意味,带有一定的强制性。

唐僧西天取经这件事情,应该是全天下人都知道的事情。如来通过各种途径,也跟天下都打过招呼的。那是佛的伟大事业,唐僧是执行人,观音是项目经理,玉帝的手下卷帘大将、天蓬元帅是保镖,天不怕地不怕曾经大闹天宫的齐天大圣是保安队队长,五方揭谛、六丁六甲等既是保安部队又是侦察部队。

这件事情,全天下的人都应该支持。过程中冒出几个反对者,也是观音和如来有意安排的。

在这个过程中,牛魔王家族则表现得很不听招呼:牛圣婴要吃唐僧肉,如意真君不肯给唐僧等吃落胎泉,铁扇公主不肯借芭蕉扇,牛魔王也不念五百年前的八拜之交。

更要命的是,牛魔王家族有脱离天庭、单独列编的嫌疑。作为大力神,牛魔王天不怕地不怕,他死守自己的价值观,即亲人能自由相见,占山为王才是最自由的。这个家庭不稀罕神、仙,也不稀罕佛。

让这样的家族皈依佛,是很伟大的事业。

佛就借征调芭蕉扇这件事情做起了文章。其实交出宝贝是次要的事情，能灭三昧真火的，不是铁扇公主一个人，太上老君也有一把芭蕉扇。不征调太上老君的却征调铁扇公主的，目的就是借征调芭蕉扇这件事来征服顽固不化的牛魔王家族。

但牛魔王家族有着很多"人"的习性，妖好征服，人往往顽固不化。当初观音菩萨在佛祖面前发下弘誓，要度尽天下苍生，然后才成佛。这天下苍生，其实指的就是人，人性是最难超度的，观音纵有千手千眼，也永远只是菩萨。

而牛魔王是人和妖的结合体。征服他，当然难于上青天。他有老婆，还通过纳妾外置财产，广交朋友，家族还干着两桩带有垄断性质的买卖——铁扇公主靠芭蕉扇收服务费，如意真仙靠占有自然资源落胎泉收取好处。这一家庭唯一的遗憾是"富二代"牛圣婴本来已经开了一家分公司，成了自由独立的法人，可这个"富二代"有点不知天高地厚，他有以下几个要命的特征：

一是做事没有边界感。什么事能做，什么事不能做，他全然不管，对火云洞周围的山神土地拆庙宇、剥衣裳，搅得他们"少香没纸，血食全无，一个个衣不充身，食不充口"。

二是不念亲情。在不和谐的家庭环境中出生的红孩儿，当孙悟空跟他攀亲时，他只想着吃唐僧肉，始终不肯相信孙悟空是他的干叔叔，仍然刀兵相见。

三是毫无敬畏感。不敬土地，不敬观音，也不识观音，把观音当作"猴子请来的救兵"。

这样的孩子在世俗家庭中，就是没有受过良好家庭教育和拒绝接受基础教育的熊孩子。观音用非常规武器——外借的金罡刀和佛祖的金箍制服了他的身体，再通过"五十三参"的必要体罚，在心灵上征服他，最后收他为"善财童子"，让他得了正果。

收伏牛魔王的儿子在某种程度上是大动干戈的。

制伏牛魔王，调动的人力更是无法想象。

为了制伏牛魔王，如来佛祖派来的人马有：五台山秘魔岩神通广大泼法金刚，峨眉山清凉洞法力无量胜至金刚，须弥山摩耳崖毗卢沙门大力金刚，昆仑山金霞岭不坏尊王永住金刚。道教方面又派来了六丁六甲护法神将。天庭方面派来的人马有：托塔李天王并哪吒三太子、领鱼肚药叉、巨灵神将，当地的土地爷也带领着一队阴兵来帮忙。

也就是说，为制伏牛魔王，体制内的海陆空队伍已经全部出动。

为什么伏牛那么困难？我想，伏牛的过程本质是伏人性的过程。伏人性实际上是成佛的必然经过。伏牛的过程，也是唐僧师徒修大乘佛法不可就近的途径。

牛魔王最后变成一只大白牛。而在佛教里，白牛车比喻大乘佛法。明末清初仇兆鳌注引《法华经》："有大白牛，肥重多力，形体殊好，以驾宝车。"《法华经·譬喻品》又有："牛车为大乘，即菩萨乘。"白牛车亦省作"白牛"。

可见，借征调芭蕉扇伏白牛，意义深远。如果没有这个功课，唐僧师徒不可能修成正果，佛也不可能产生无边广大的影响力。

51. 归隐山林与红袖添香

你是高人，有人请你喝茶、谈天、论诗、说禅，像清雅高士一般笑傲吟怀。他们远离世俗，仿佛与世无争。最后，你放松警惕了，他们给你推荐一个妹妹，说你就娶了她吧。

高僧唐玄奘，在荆棘岭就碰到了这样的美事。

与唐僧切磋的是松树精十八公、柏树精孤直公、桧树精凌空子、竹树精拂云叟、枫树精赤身鬼。红杏欲出墙，杏树精投怀送抱，求配偶。

这些人，个个都是现实生活中的隐士，饱读诗书，满腹经纶，隐于山林。红袖添香，也许是知识分子眼里最浪漫的事。

但读者试想，世界上全是高士了，国家谁去打理？谁到西天佛祖那边去取教化心灵的教科书——佛经呢？

这些古灵精怪看似高风亮节的家伙，欲用风雅和美色俘虏唐朝和尚。最后还是被唐朝和尚识破了。

当杏仙有意，拂云叟和十八公愿做媒，孤直公与凌空子愿意保亲时，三藏高叫道："汝等皆是一类邪物，这般诱我！"

唐僧终于一下子顿悟，知识分子的拂云、孤直、凌空、赤身，真是邪之又邪，无可救药，信了这些表面淡泊与世无争的归隐山林的邪，取经之大业必将前功尽弃。

西行路上，唐僧心智最明显的成长，可能就在荆棘岭上。我们要知道，唐僧修的是大乘佛法，"拂云"必不踏实，"孤直"难以合群，"凌空"定然蹈虚，"赤身"脱离现实，都是要不得的。而修行者到一定的境界，都会有这种所谓的高洁脾性，必去之，方能登堂入殿。

第六十四回《荆棘岭悟能努力　木仙庵三藏谈诗》最终是八戒"一顿钉钯，三五长嘴，连拱带筑，把两颗腊梅、丹桂、老杏、枫杨俱挥倒在地，果然那根下俱鲜血淋漓"。

唐僧舍不得，扯住八戒道："悟能，不可伤了他！他虽成了气候，却不曾伤我。"行者警告："师父不可惜他。恐日后成了大怪，害人不浅也。"最后，猪八戒索性将这些树精来了个斩草除根。斩草除根，这就是悟能的"努力"。

小说第六十五回开首，对唐僧荆棘岭的遭遇是这样说的：

话表唐三藏一念虔诚，且休言天神保护，似这草木之灵，尚来引送，雅会一宵，脱出荆棘针刺，再无萝蓏攀缠。

这个开首，说的是作者对唐僧荆棘岭的遭遇认知。说是唐僧一念虔诚，草木都来引送。注意，这里的"引送"非"迎送"，"引送"有诱引的一面，有好心办坏事的一面。所以这样的引送，让这些树精不小心送了命，修行前功尽弃。这未免太过残忍。

但孙悟空的火眼金睛看得很远，斩草不除根，春风吹又生，将来这些树精成了大怪，定会害人不浅。

对此，我不愿意相信，但也只能相信，因为我没有一双火眼金睛。

佛经里有"树高七尺，必有神栖之"之说，真希望确有其事，那我们烦恼时，或许可以找凌空子、拂云叟聊聊天，那未必不是一件惬意的事情。

52. 有缘无缘怕虎否

　　孙行者等人帮祭赛国金光寺找回了黄金宝塔，解除了金光寺那些和尚因蒙冤而受的枷锁之苦。唐僧把张扬的寺名"金光寺"改为"伏龙寺"。众和尚感恩戴德，相送五六十里不肯回，有的要同上西天，有的要修行伏侍。

　　眼看着西天取经的队伍马上可以壮大起来，这应该是一件很好的事情。一路上，大家热热闹闹，多好！对那些和尚而言，此行一起赴西天，那可是得以修成正果的最佳机会。

　　机不可失，时不再来，换了任何一个人都会抓住这个机会。人生，能搭上一只成就功业的好船是多么幸运的事情啊！所以，这些和尚铁了心要跟唐僧一起到西天取经。

　　可是孙悟空并不欢迎这些和尚。

　　读者心里也许会想，唐僧应该做孙悟空的思想工作呀，孔子有三千个弟子，唐僧收那几十个和尚做徒弟，未尝不可。

　　可是，我心里想，如果我是唐僧，好像也没这个脸面，更没这个勇气提出这个要求。孙悟空拥有一个唐朝中央政府钦定的高僧师父，遇到的麻烦已经够多了，再整一伙人浩浩荡荡前去西天，那真是"阿弥陀佛"的事情。

　　面对这伙虔诚的佛教徒，孙悟空应该跟他们做思想工作，动之以情，晓之以理，告诉他们不能去西天的各种理由。

你师父去得，我们为什么去不得？和尚们也许会这么说。

悟空会怎么回答呢？还真不好回答，他不能说师父去西天取经，观音菩萨提供了标配，三个徒弟、白龙马、五方揭谛、六丁六甲。你们去了就是我老孙的包袱，一个师父已经够麻烦的了。

如果这样做思想政治工作，唐僧会不高兴，和尚们会觉得猴子不肯让大家搭乘方便之船。于是，最好的办法就是不要讲道理。

行者见都不肯回去，遂弄个手段，把毫毛拔了三四十根，吹口仙气，叫"变！"都变作斑斓猛虎，拦住前路，哮吼踊跃。众僧方惧，不敢前进。

众僧目送唐僧师徒远了，就放声大哭，都喊："有恩有义的老爷！我等无缘，不肯度我们也！"

这个世界上，信念坚定的人很多，很多人心里都有美好的蓝图，拉开架势想造宫殿，结果大多数人可能连茅房也搭不像。于是我们说，我们没有福气住宫殿，这宫殿压根跟我们无缘。

其实呢，是因为我们都怕"虎"，"斑斓猛虎，拦住前路，哮吼踊跃"，令大多数人屁滚尿流，赶紧回去。明明是自己与成功无缘，却怪别人不肯度人。

所以，看一个人有没有根器修行，最好的办法就是放老虎出去，看看这人有没有舍身喂虎的勇气。

其实，光有勇气还是不行的。唐僧誓往西天取经，勇气可嘉，可如果只凭勇气，唐僧早被老虎吃了，被妖怪蒸了。这个世界上，说到底，勇气要凭本事支撑。没本事怎么办？那就得由观音、如来等出面，给他配上一等一的保镖。

如来其实已经给唐僧配备了世界上最先进的特种部队，众揭谛、众丁甲自带顶级的通信系统、定位系统。如果再多几个取经人，人力上肯定就无法保障了。所以，这些和尚还真没资格到西天取经。

53. "悬丝诊脉"的断想

《西游记》第六十八回回目是"朱紫国唐僧论前世 孙行者施为三折肱","三折肱"本义是多次折断腿脚,最后自己就成接骨医生了,就是我们通常说的"老病成医"。后来,"三折肱"就借指"良医"。

猴子是从什么时候学到悬丝诊脉的本事突然成了良医呢?作者在小说中好像没有写。

朱紫国的国君愿意以半壁江山的代价,治自己的病,以倾国的代价,救回被赛太岁掳去的金圣宫娘娘。

这个西牛贺洲的皇帝算不算好皇帝,我们是要打个问号的。

这个皇帝对自己得病的原因是怎么说的呢?"国事不祥,沉疴伏枕",这种说法,有点扯淡。

对于诊脉之事,作为君王,他却不愿意亲近医者,还保持着君王的尊严。于是,猴子就来了个"悬丝诊脉"。

传说,唐太宗李世民曾经要《千金方》的作者孙思邈治他的长孙皇后的病,用的就是悬丝诊脉。《封神演义》中闻太师为了要证明商纣王的宠妃妲己是妖怪,用的也是悬丝诊脉。十全老人乾隆皇帝也曾经让御医用悬丝诊脉考量他们的医学水平……

与"悬丝诊脉"有关的故事,似乎都与帝王或帝王之家有关系。这些国家领导人或皇亲有一个共性,即因为所谓的尊严、男女授受不亲等原因，他们不希望亲近医生。反正他们听惯了万岁万岁万万岁的好话，搞得医者不敢"望闻问切"，于是医生们用尽其技，最后整出个神乎其神的基本不靠谱的"悬丝诊脉"。

传说里的皇亲国戚"望"不得，"闻"不得，"问"不得，"切"（碰）不得，就像得了传染病。

朱紫国的国君也是如此。所以治这样的病，猴子用的中药很有意思。

第一味大黄。味苦、性寒、无毒，定祸乱而致太平，名曰"将军"。

第二味巴豆。味辛、性热、有毒，乃斩关夺门之将。

第三味锅脐灰。锅灰名为"百草霜"，能调百病，实为人间烟火。

再用白龙马的白尿调和，用东海龙王的喷嚏煎药。

当然，孙猴子为了表明药引之难得，还骗大家药引得用六物煎汤：

一是半空中随飞随散的老鸦屁；

二是在急流中随游随撒的鲤鱼尿；

三是王母娘娘的搽脸粉；

四是太上老君炉里的炼丹灰；

五是玉皇戴破的三块头巾；

六是五根困龙须。

要治君王的毛病，药引多难得啊。这不暗示了现实社会中，那些帝王的病，人间根本就没法治吗？！

朱紫国国王得了什么病？猴子诊出的根由是"双鸟失群"，在老百姓看来就是相思病。这国君还有什么病？当猴子想到国君面前望、闻、问、切时，他却说了这样的浑话："叫他去罢！寡人见不得生人面了。"他无法正视自己的毛病。

而事实是,这个国君体虚心痛、汗出肌麻、小便赤而大便带血、内结经闭、宿食留饮、烦满虚寒相持,得了惊恐忧思之病。

毛病真是不轻。

"孙行者施为三折肱"是西天取经路上的五十六难,这一难,完全可以事不关己高高挂起,但要想成佛,就要有随缘普度之心。这一难,至少告诉读者,医国君是难的,给国君"悬丝诊脉",命悬一线的常常不是国君,而是医者。

扁鹊见到蔡桓公一样的病人,最后只能远远地逃跑;屈原碰到楚怀王这样的病人,最终自沉汨罗江;邹忌给齐威王治病,只能用"讽"的自黑方式。

自古如此,所以史上有抬着自己的棺木冒死进谏的忠臣。可是这样的人毕竟少之又少,所以君王有病,邦国多灾,朝代更迭是你方唱罢我登场。

好在秋月不老,春风似旧,青山如故,历史终究是在革故鼎新中如长江之水滚滚向前的。

54. 天上的集会也不少

人世间的运转，每天都有文山会海在起作用。封建时代，达到一定品级的朝廷命官，每天都要早朝，有事请奏，无事退朝，这个晨会，是必不可少的吹风会和沟通会。皇帝足不出京城，常常是通过晨会知晓天下事的。

天上也有很多会议。

蟠桃成熟时，西王母要开蟠桃会。能参加蟠桃会，那是天庭给予的待遇。天蓬元帅有资格参加，齐天大圣孙悟空就没有资格参加，沙僧在蟠桃会上是一个保安，擎着琉璃盏，给玉帝照明。也就是说，唐僧三个徒弟中，老猪曾经享有过很高的政治待遇。

蟠桃会的意义在哪里？在于那是一种政治待遇。

当然，出席蟠桃会的也有民主人士，例如赤脚大仙、太上老君之流。因是待遇，所以孙悟空是极其看重这样的会议的，西王母的名单上没有他，他当然要生气。生气也是应该的，因为参加不了，会影响他的国际声誉。

以吃为主题的大会，有点饱食终日无所用心的味道，也不利于团结。

饱食终日而有所用心的是盂兰盆会。这个会议表面上看以吃为主题，实际上远没有这么简单。《西游记》第八回，如来伏了乖猿，在玉帝那里开了安天大会。过半千年，就开了盂兰盆会。

今值此孟秋望日,我有一宝盆,盆中具设百样奇花,千般异果等物,与汝等享此"盂兰盆会"如何?

如果你把"盂兰盆会"看作赏奇花异果的聚会,那就大错特错了。盂兰盆会不同于蟠桃会,参加蟠桃会的对象有点杂,各路有身份、有地位的人都有,参加盂兰盆会的都是专业人士,福禄寿星及众菩萨都要献诗,大家还会切磋佛之大法。众佛菩萨主要关心天下的精神文明建设情况。

《西游记》第八回的盂兰盆会上,如来对四大部洲的精神文明建设做出了中肯的评价:

我观四大部洲,众生善恶,各方不一:东胜神洲者,敬天礼地,心爽气平;北俱芦洲者,虽好杀生,只因糊口,性拙情疏,无多作践;我西牛贺洲者,不贪不杀,养气潜灵,虽无上真,人人固寿;但那南赡部洲者,贪淫乐祸,多杀多争,正所谓口舌凶场,是非恶海。

在此次会议上,如来就给观音布置了一个重要项目:到东土大唐找一个取经人到西天取谈天、说地、度鬼的"三藏"真经,以提升南赡部洲的文明水平。

所以,盂兰盆会,其宗旨是传播精神文明。

当然,盂兰盆会也会邀请别教一些大佬级的人物,如镇元大仙就曾经受邀参加过盂兰盆会,唐僧的前生——金蝉子曾经在盂兰盆会上给他端茶送水。

如此说来,盂兰盆会倒有点像联合国大会了。

镇元大仙除了受邀参加盂兰盆会,也会参加混元大会。《西游记》第二十四回,镇元大仙带着四十六个徒弟去上清天弥罗宫中听讲"混元道果"。

如来佛的接班人——弥勒佛祖也参加过元始会,导致留家看守的黄眉童子私自逃出,设立小西天,让孙悟空困厄得一直掉眼泪。

可见元始天尊的混元会或元始会,是道界最高的法会。

各路的一把手都要开会,未来的接班人弥勒佛,当然也会召集会议。

弥勒组织的集会叫龙华会。参加龙华会,绝对是资本。《西游记》第六十六回,孙悟空为了救被黄眉怪擒获的唐僧等人,就到盱眙山请国师王菩萨帮忙,国师王菩萨请小张太子助力擒黄眉怪。小张太子介绍自己的时候说:"学成不老同天寿,容颜永似少年郎。也曾赶赴龙华会,也曾腾云到佛堂。"

可见,能参加龙华会绝对是值得炫耀的事情。可惜小张太子炫耀错了对象,人家黄眉老妖乃是弥勒边上的黄眉童儿,弥勒的所有学问他一定浸淫很深,在他面前炫耀参加龙华会,等于在关羽面前耍大刀、鲁班面前弄斧头了。

德高望重的黎山老母也曾受邀参加东来佛祖弥勒佛的龙华会,可见龙华会一点都不比盂兰盆会的级别低。

妖怪有时也会找个理由来搞个集会。例如,黄风怪偷了锦襕袈裟,会开佛衣会。《西游记》第十七回:"黑汉道:'我夜来得了一件宝贝,名唤锦襕佛衣,诚然是件玩好之物。我明日就以他为寿,大开筵宴,邀请各山道官,庆贺佛衣,就称为佛衣会如何?'"第八十九回,黄狮精还虚设钉钯会。这样的聚会,还真有点像收藏界大佬们举行雅集,吃喝鉴宝,吟诗赋文。

我觉得,神仙妖怪开会与今人最大的不同在于,神仙们搞雅集从来不读报告,很低碳,很环保。还有一点不同的是,佛老爷的会议记录,读来让人醍醐灌顶,后来都成经,今人的很多报告,读来空乏无味,进回收站的居多。

55. 君子的权柄交到了小人的手上

太上老君两个司炉的童子偷偷下凡时，顺便把太上老君的宝贝也偷到了凡间，即紫金红葫芦（太上老君盛丹的）、羊脂玉净瓶（太上老君盛水的）、幌金绳（太上老君勒袍的）、七星剑（太上老君炼魔的）。

黄眉怪思凡为妖时偷了弥勒佛的布袋，这布袋叫后天袋，也叫人种袋。这个手提袋的设计虽远远不如路易·威登和香奈尔的包包，但威力无穷。这个麻袋在黄眉怪的手里，装人装妖装神，装一切兵器，让孙悟空很是烦恼。

第九十五回，玉兔精下凡时带着广寒宫里的捣药杵，这段羊脂玉威力无比，用玉兔精自己的话说："这般器械名头大，在你金箍棒子前。唤作广寒捣药杵，打人一下命归泉。"

这些精怪如果空身下凡，威力一般，如果盗取主人的宝贝下界为妖，麻烦可就大了。

这就预示着，主子的权柄一旦落到下属的手里，其危害是巨大的。

在《西游记》里，不靠偷盗，而凭自己的实力打造武器的妖怪也有。通天河的金鱼精——灵感大王，是南海观音莲花池里养大的金鱼，每日浮头听经，修成手段，还把一枝未开的菡萏运炼成九瓣铜锤。

所以对于九瓣铜锤，金鱼精拥有专利权，是其独立制造的。拥有专利权的灵感大王，孙悟空当然制伏不了。观音知道金鱼精下凡后，顾不及梳妆，赶紧去救唐僧。

当然，也有妖怪施威的本领并不靠武器，如如来灵山脚下得道的黄毛貂鼠，他拥有的武器是一杆三股钢叉，但他对付敌人的手段靠的是与生俱来的本事，只吹一口风就得了。

灵山脚下一只得道的老鼠，能长如来的志气，灭天下的威风。

读《西游记》，读器物也是一个很好的切入口。这些器物，在天界具有日常的功能，葫芦是装仙丹的，幌金绳是裤腰带，羊脂玉是广寒宫里捣药杵，狼牙棒是敲磬的……感觉神仙们所有的器物，都具有神力。

这些具有日常功能的器物，都来自具有器物精神的主人，并在天上发挥着积极的作用，但这些器物一旦被身边的工作人员甚至是豢养的灵物拿去，则后患无穷。

让人觉得无趣的是，神佛们的器物落到人的手里，感觉根本就不起什么作用。唐僧拥有如来的锦襕袈裟和九环锡杖。

这袈裟，龙披一缕，免大鹏吞噬之灾；鹤挂一丝，得超凡入圣之妙。但坐处，有万神朝礼；凡举动，有七佛随身。

这袈裟是冰蚕造炼抽丝，巧匠翻腾为线。仙娥织就，神女机成……

可是，这袈裟在西行路上，还没有五庄观镇元子的袖管有威力。第二十回，碰到黄风怪，袈裟上的定风珠也没有起到作用。第七十七回，狮驼山狮驼洞的大鹏怪能吞噬一切，这件袈裟还是没起到作用。

九环锡杖神力了得，观音如是说：

"铜镶铁造九连环，九节仙藤永驻颜。

入手厌看青骨瘦，下山轻带白云还。

摩呵五祖游天阙，罗卜寻娘破地关。

不染红尘些子秽，喜伴神僧上玉山。"

"罗卜寻娘破地关"中的罗卜就是"目连尊者"，传说这个老兄为救进入阿鼻地狱的母亲，来到地狱门口拿九环锡杖振三声，地狱之门就开了，最终救出了受苦的母亲。可是这个宝贝一到唐僧的手里，就只是拐杖一根。

器物真正的精神，必在器宇者手里。猪八戒的钉钯，沙僧的禅杖，在他们眼里，曾经都威力无穷，主人一旦为妖，所起作用便大打折扣。

而那些妖怪手持的器物，只是代神佛完成使命的，器宇还在，故神力不减。

56.《西游记》里的因果链

我读《西游记》经常会思考：这个世界上的万事万物有无可能从因果链上脱落下来？

说得通俗一点，天上有无可能掉馅饼下来？

我觉得，这样的思考至少对我个人是很有价值的。

《西游记》里的一些情节，不得不让我思考这个问题。

乌鸡国国王，把文殊菩萨化身的和尚推到御水河里淹了三天，文殊的坐骑青毛狮变作妖道，让乌鸡国国王在井里淹了三年。

朱紫国国君是储君的时候，出门打猎，把孔雀大明王菩萨生的雌雄二雏中的雄孔雀射伤，观音菩萨的坐骑金毛犼到人间变作赛太岁，把朱子国国君的王后金圣宫娘娘劫去三年，还让那个朱子国国君生了一场双鸟失群的相思病。

唐僧师徒要过的火焰山，是当初孙悟空推倒了太上老君的八卦炉，炉灰落到此地才形成的。他年种下的因，今天就必须吃下这个"果"。当初收伏红孩儿，有违牛魔王家庭喜欢"占山为王，各自为政"的思想，今天问铁扇公主借灭火的芭蕉扇自然难度就大了。

第八十一回，唐僧在镇海禅寺病了三日，孙悟空是这样解释他生病的原因的：

"老师父不曾听佛讲法,打了一个盹,往下一失,左脚下踎了一粒米,下界来该有这三日病。"

《西游记》类似的情节很多。推演这些情节,我们可以印证这样一条古训:"横逆困穷,直从起处究由来,则怨尤自息。"谁也逃不了因果。

佛教有个公案,情节大致是,有人问一个自认得道的高僧,能不能跳出因果。高僧认为自己无所不能,自信地说"能"。一个"能"字,让他的一把胡须瞬间落地。

一把胡须,警示世人,天地自然一切的一切,都逃不出因果。

简单想想,一颗恒星沿着自己的轨道运行,但在这个过程中,只要受到外力影响,它必然会沿着它运动轨迹的切线方向脱离轨道,或陨落或从此走上另一条道路。

物理学上说,力的作用是相互的。这是简单的因果逻辑,毫无疑义。

《西游记》里,大人物们吃了亏,必然要顺着因果轨迹予以消弭亏欠。那么,在现实生活中,小人物吃了亏会如何呢?小人物能量不足,无法变身报复别人。但我们不可忽略的是,自然是不允许任何一点脱离因果的轨道的。不是不报,是时辰未到。

我们应该相信,任何一个时代,大自然就是一个精算师。

小民逃不出这个精算师的手掌,天王老子也逃不出这个精算师的手掌。

当然,有时候因为肉身视界的局限,我们往往看不到因果,今天种下的病根,明天找上门来,叫立竿见影,我们马上就能吸取教训,这是很幸运的事情。而假如五十年、一百年过后才呈现病态,那么在五十年内或一百年内,普世的价值观可能就会认为这个世界"好人没好报"了。

于是,崇祯皇帝可能不会明白,他受的"果"有一部分是前朝皇帝老早就给他"种"下的。几十年、上百年过后,我们的子孙当然也会因我们的"因"而吃到"果"。

这是历史的规律,就像今天的政治、经济、文化、教育等,我们吃到了十年"文革"种下的"因",若干年以后,我们的后世子孙一定会吃到我们大搞房地产、破坏耕地、片面追求GDP的"果"。

《西游记》里,袁天罡透露天机,告诉渔夫鱼汛,泾河龙王为报复袁天罡,与之赌雨,结果泾河龙王因克扣雨点种下了违背天意的"因",终难逃被斩首的"果"。人们说这泾河龙王真是一个倒霉蛋,袁天罡"透露天机",人们在小说里没看到他受的"果"。

袁天罡有本事,在人们眼里突然就成了神人。

人们看不到袁天师吃到的"果",于是就怀疑苍天的算术水平,这可能是普世价值的最大悲剧。

57. 有钱人"给孤独长者"

《西游记》中有两个大富翁：

一个叫相良。他在人间卖水为生，老婆卖乌盆瓦器，做的都是小本经营，可是，相良家在地府有十三库金银，唐太宗这个皇帝的命是借用了相良一库金银打点冤魂换来的。一个最本分的老百姓，最平凡的人，却最为富有。

另一个大富翁就是给孤独长者。给孤独长者是舍卫大城的一个年轻富豪，富得流油。给孤独长者是他的诨名，真名叫须达多，须达多非常喜欢自己这个诨名。富了，他大概突然变得孤独了。

富得变孤独，那似乎是合乎逻辑的。穷光蛋，是不大容易孤独的，他得为生计奔波，起早贪黑，忙于劳动，骗口腔里那条懂得五味的舌头，还要祭胃、大肠、小肠。穷人把工作叫糊口。

舍卫大城里那个年轻的须达多，有五亿四千万财产，他的手脚闲了，生活没有我们充实，他变得孤独了。他突然意识到，脑子里没有东西是要孤独的，会得抑郁症的。所以人家叫他"给孤独长者"，他很喜欢这个具有警示意义的绰号。

这个给孤独长者到舍卫大城碰到佛陀后，可能就不孤独了，佛的思想让精神变得富有起来。一个有钱人，不孤独了，他就成了真正的富人。他发愿要盖个精舍，让佛陀来讲课，让更多的人不孤独。

他相中了太子的一个游乐园,这个园子很美,可以骑马狩猎,可以野炊,可以赏花。给孤独长者就跟太子商量,能否把这个园子卖给他。太子太喜欢自己这个园子了,他又不缺钱花,自然就拒绝了给孤独长者。

他拒绝的方式与众不同,他向给孤独长者开出的价钱是把这个园子每一寸土地都铺满黄金,地上不能留一丝缝隙。

他料想给孤独长者不可能有那么多黄金。

哪想到,这个给孤独长者有的是钱,居然答应了太子这个近乎玩笑的价钱。他不怕花钱,他怕孤独。

君子一言,驷马难追,更何况是太子?

给孤独长者把自己库存的黄金全拿出来了,五亿四千万,全铺在八十公顷的土地上。最后,这个园子就缺一小块金砖铺地。太子说,你付不起钱,就不要买这个园子了,然而此时的给孤独长者愿意用尽心力化缘去铺设这最后一寸黄金。

太子到底不是铁石心肠,他想佛陀究竟有什么魅力让这个给孤独长者用五亿四千万黄金铺地,而给孤独长者的老婆也愿意为此忍饥挨饿。变成穷人的给孤独长者立誓要把这一小块土地铺上黄金。太子被感动了,他也想听听佛陀讲经,于是他就大大占了给孤独长者一把便宜,他说,算了算了,现在这个园子的地就算是你的,但这里的树还是我的。

这个太子很精明,他卖地,不卖释放负离子的树。

给孤独长者当然应允了,让佛陀多一个供养者,那也是功德,他就请佛陀来这个精舍讲经了。

佛陀见到这个黄金铺地的精舍,呼吸着大树们发出的负离子,说,这个园子就叫"祇树给孤独园"。

只有黄金铺地而没有这些大树，就没有负氧离子呼吸，这园名，佛让给孤独长者和太子每人都有一半的注册名分。

于是，"祇树给孤独园"这个奇葩名称，本身就成了佛陀弘法最好的广告。

在这个园子里，佛陀与一千二百五十人一起生活，一起出城次第乞食，一起在园子里讨论学问，他跟弟子平起平坐，师生们的谈话录变成了很多经文，这些经文中的一部分就是唐僧要取的，最著名的当属《金刚经》。

《金刚经》开篇如是说：

> 如是我闻：一时，佛在舍卫国祇树给孤独园与大众比丘千二百五十人俱。

《西游记》第九十三回，唐僧到舍卫国界看到的布金禅寺就是"祇树给孤独园"所在地，唐僧有诗一首：

> 忆昔檀那须达多，曾将金宝济贫疴。
> 祇园千古留名在，长者何方伴觉罗？

58. 灭法国缘何灭法

《荀子》记载：

　　孔子为鲁摄相，朝七日而诛少正卯。

《史记》记载：

　　定公十四年，孔子年五十六，由大司寇行摄相事……诛鲁国大夫乱政者少正卯。

孔子为什么要杀少正卯？《荀子》记载：

　　门人进问曰："夫少正卯，鲁之闻人也，夫子为政而始诛之，得无失乎？"孔子曰："居，吾语女其故。人有恶者五，而盗窃不与焉。一曰心达而险，二曰行辟而坚，三曰言伪而辩，四曰记丑而博，五曰顺非而泽。此五者，有一于人，则不得免于君子之诛，而少正卯兼之。"

少正卯兼有五恶：一是内心通达明白却邪恶不正；二是行为邪僻而顽固不改；三是言论虚伪而说得有理有据；四是专门记诵一些丑恶的东西而且十分博杂；五是专门赞同错误的言行还进行润色。

《论语·述而》曰："子不语怪力乱神。"

综合以上信息，我觉得，孔子杀少正卯，应该真有其事，而且聪明绝顶的少正卯死有余辜。

《西游记》第八十四回《难灭伽持圆大觉　法王成正体自

然》，记载的是灭法国国王好杀和尚的事情。

唐僧师徒来到灭法国，这是一个最危险的国家，这个国家不相信佛教，也没见着他们信道。唐僧师徒来到这个非常可怕的国家，观音带着善财童子化身出场，提醒唐僧师徒灭法国国王"前生那世里结下冤仇，今世里无端造罪。二年前许下一个罗天大愿，要杀一万个和尚。这两年陆陆续续，杀够了九千九百九十六个无名和尚"。

观音放出这个信号，非常重要。一是提醒唐僧师徒不要撞到枪口上去；二是要防止灭法国国王杀满一万，做成圆满。

灭法国国王为什么要杀和尚？据他自己的话来说，有和尚曾经诽谤他。

和尚诽谤国君，如果真有其事，对于国君理政而言是一件非常严重的事件，出家人四大皆空，诽谤一个国君，就意味着干政。

历史上，国君灭佛，无外乎以下几个原因：一是寺庙占有过多的财富田产，使国家和百姓穷困；二是宗教人员通过宣扬"怪力乱神"，一呼百应，僭越中央，祸乱朝纲，干预政治，动摇民心；三是百姓信佛信道，迷信命运而不事耕读。

孔子杀少正卯的原因是，少正卯作为一个国家工作人员，以"怪力乱神"祸乱朝纲，这样的人，无论在哪朝哪代都是国家治理的祸根。因为"怪力乱神"本身是否存在并不重要，重要的是对国君而言，现世的主观能动性才是根本。

我们可以相信宗教，但不能祸乱现实，否则，就会亡国。

所以灭法国要杀和尚，还真有其苦衷。但杀和尚的结果是，宗教在民间失去了积极的教化作用。何以见得？

唐僧师徒在灭法国住的那家客店，其实就是一家黑店，那些店小二等都与外面的强盗保持着业务来往。可见灭法国的世风很不好。

但值得安慰的是，唐僧师徒初到灭法国，悟空"伫立在云端里，往下观看，只见那城中喜气冲融，祥光荡漾"。这个天象也印证了灭法国是可以教化的。事实是，悟空施法，让灭法国上到帝王、王后下到普通官员全变成了光头，以此神力让他们全部皈依佛教。如此，灭法国就变成了钦法国。

佛是慈悲的，他真正领会到，解决问题的关键不是灭国灭君，而是化敌为友，依靠国主，弘扬佛法，让一个国家的精神文明建设走上阳光大道。

59. 老天爷为何不管百姓

天竺国外郡凤仙郡郡侯上官,因为跟老婆恶言相斗,推倒天帝的供桌,将斋天素供喂狗,结果玉帝降罪于他,凤仙郡"一连三载遇干旱,草子不生绝五谷",百姓因县官家庭矛盾而连带遭殃。

玉帝立下三事,等拳头大的小鸡啄完披香殿约十丈高的米山、哈巴狗吃完约二十丈高的面山、灯焰儿燎断锁梃,才会下旨给凤仙郡落雨。

凤仙郡百姓的不幸,给组织部门提了一个醒,地方官的夫妻关系是一个重要的考察指标。一方土地的风调雨顺,与执政一方的父母官有着重要的关联。

作为一个读者,我对这种"枪毙带掉别人耳朵"的执法方式是心存不满的。冤有头,债有主,伤及无辜,绝非君子行为。

可是,小说中似乎没有一个人为凤仙郡的百姓喊冤。

龙王、天王、天师们,对这种连坐的方式都是认可的。猴子到天上得知真相后,为自己的鲁莽相助满面含羞,他对玉帝的这种做法也没有提出半点非议。

也就是说,凤仙郡全县百姓所受的报应是合乎逻辑的。

凤仙郡的民风如何?

小说第八十七回如是说:

> 富室聊以全生，穷军难以活命。斗粟百金之价，束薪五两之资。十岁女易米三升，五岁男随人带去。

面对自然灾害，百姓极端自私，斗粟、束薪无情炒作成天价，还买卖男女。

凤仙郡的管理如何？

> 城中惧法，典衣当物以存身。

"惧法"说明这个上官郡侯是个酷吏，犯了法的老百姓"典衣当物以存身"，说明这凤仙郡的"法"是一纸空文，犯了法，人们是可以用钱物买通司法部门的。

凤仙郡一县之长日子过得怎么样？

上官郡侯自己说，"若施寸雨济黎民，愿奉千金酬厚德"，郡侯有的是钞票。郡侯家给唐僧师徒"添汤添饭，就如走马灯儿一般"，郡侯有的是吃的。

凤仙郡人民的信仰如何？

凤仙郡郡侯跟老婆吵嘴，家风一般，吵到生气处，推倒斋天的供桌，还让狗吃奉天的素馔，说明这老官根本就不信老天。奉仙郡的百姓之前也是没有信仰的，等那郡侯誓愿皈依后，城里城外大家小户，不论男女，才开始烧香拜佛。

凤仙郡精神文明建设一塌糊涂，这是一方老百姓没有信仰，顾自生活的土地。

古诗云：

> 人心一生念，天地悉皆知。善恶若无报，乾坤必有私。

凤仙郡世风日下，人心不古。说那郡侯"十分清正贤良，爱民心重"，这只是虚假的广告，说说而已，从实证来讲，这个父母官是有严重问题的。

凤仙郡求雨，这是唐僧取经路上所历的第七十二难。这一难，作者安排一个回目，遭罪的不是唐僧师徒，世俗一点来说，唐僧师徒完全可以在通行证上盖个萝卜头，拍拍屁股走人的，但出家人得把别人的苦难当作自己的苦难，给凤仙郡求雨，也是自己的事情，这叫"行方便"。

"行方便"的同时，感化一郡郡民全信佛，是一种境界，也是无上之功德。

毕竟，唐僧要取的是佛经。取经的目的是什么？其根本还是弘佛。这就叫不忘初心。

60. 好为人师的祸患

好为人师，是优点还是缺点，还真不好说。

老孙、老猪、沙僧有一身本事，却成了有着一身缺点的唐僧的徒弟。三个徒弟到天竺国外郡的玉华县也想过一把当师父的瘾，在唐僧的应允下收了三个小王子做徒弟。三人将操的兵器在众人面前好好地炫了一把。

这一炫，就炫出了问题，结果三样宝贝被黄狮精盗去了。

当初，孙悟空在须菩提那边学艺，把七十二般变化在师兄师弟面前炫了一把，结果就出问题了，菩提祖师晓之以理，不得不让悟空离开师门，且关照悟空，以后闯祸不许说出师父的名字。

悟空在斜月三星洞这一炫，让他失去了跟须菩提进一步深造的机会。

后来，第十六回中，悟空在观音禅院碰到那个痴迷收藏袈裟的金池长老，悟空不顾唐僧规劝，晒了观音菩萨所赐的锦襕袈裟，激起了金池长老执着的贪婪心，为得到那件袈裟，金池长老欲烧死住在观音殿的唐僧师徒，结果反而害了自己的性命，最后袈裟还被熊罴怪盗去。这次炫耀事件最终还惊动了观音菩萨，让观音菩萨白白收了个守山大王。

炫耀是俗人的本性。

对于炫技的危害，须菩提对悟空讲得非常透彻：

"悟空，过来！我问你弄甚么精神，变甚么松树？这个工夫，可好在人前卖弄？假如你见别人有，不要求他？别人见你有，必然求你。你若畏祸，却要传他；若不传他，必然加害：你之性命又不可保。"

后来，对于炫宝的危害，唐僧也有一段类似于当初须菩提的说理：

"古人有云：'珍奇玩好之物，不可使见贪婪奸伪之人。'倘若一经人目，必动其心；既动其心，必生其计。汝是个畏祸的，索之而必应其求，可也；不然，则殒身灭命，皆起于此，事不小矣。"

那么人为什么克服不了欲炫的心理？猴子因为那个金池长老炫他的器具羊脂白玉的盘儿、白铜壶儿、法蓝镶金的茶钟，气不过，忍不住，一定要炫一下这件"锦襕袈裟"，让人家养养眼。

气不过，忍不住，这就是祸根。

第八十八回，玉华县的三个小王子不知天高地厚，拿着齐眉棍、九齿钯、乌油黑棒子欲挑衅他们之时，这三个习惯做徒弟的人，就气不过、忍不住了，就在三个小王子面前炫了一把三样武器。麻烦也就因此而起，三个小王子欲拜师学艺了。悟空、老猪、沙僧也都想过一把做师父的瘾，估计三藏也想收个徒孙，徒然长一个辈分。

气不过，忍不住，再加上虚荣心作祟，因此祸起。于是黄狮精偷了金箍棒、九齿钯、降妖宝杖，为炫三件宝贝，张扬着设钉钯宴。为降九头狮子——九灵元圣，行者还惊动了东极妙岩宫太乙救苦天尊。

猴子去请太乙救苦天尊时碰到广目天王，天王道破真相："那厢因你欲为人师，所以惹出这一窝狮子来也。"

第九十回名为"师狮授受同归一　盗道缠禅静九灵",师者得有授顽狮的本领,授个活人真不算本事,师者应有授大盗的本事,让狮、盗归禅。没有这个本事,就不要做师父,所谓没有金刚钻,不揽瓷器活。

61. 行百里者半九十

唐僧西天取经路过天竺国外郡金平府，借宿慈云寺，时近元宵。唐僧起始急着赶路去灵山，后被盛情留宿，既在大殿上看了灯，又到寺庙东门厢各街上游戏，后出于虔诚又扫塔赏景。日子过得真是优哉游哉，等到了正月十五那天，唐僧师徒居然还和慈云寺的和尚一起赏了元宵灯会。

出家人和俗家人，热热闹闹，万千家灯火楼台，十数里云烟世界，美女贪欢，游人戏彩，箫鼓喧哗，笙歌不断。

于是唐僧就宽了禅性，泰极生否，被三个变成假佛的犀牛怪掳了去。

地近天竺国，金平府的精神文明建设应该搞得不错。但是，青龙山上玄英洞的三个妖精，辟暑大王、辟寒大王、辟尘大王，在此变作佛像——打着佛的招牌骗吃酥合香油已经上千年了。

那天，三个妖精不仅骗了酥合香油，还骗了一个唐朝和尚，妖怪个个都有勇气，一不理睬中央政府，二不理睬释道教主，就是齐天大圣也拿他们没有办法。

天竺国就在眼前，四值功曹说得非常明白，唐僧此次遭劫是因为他宽了禅性。何为宽了禅性？简单地说，就是被红尘里有趣的、好玩的、热闹的东西给迷惑了。人生在世，那些玩意儿，是很容易让我们迷失方向的。

《西游记》九十二回有诗为证：

    经云"泰极还生否"，好处逢凶实有之。
    爱赏花灯禅性乱，喜游美景道心漓。
    大丹自古宜长守，一失原来到底亏。
    紧闭牢拴休旷荡，须臾懈怠见参差。

  我们每个人都渴望成功，都希望出人头地，但其中不乏很多人都想着最好不冒暑热、不历寒冬、不面黄土，在娱乐间，在风光里，就能功成名就。

  革命尚未成功，黎明就在前面，到天竺国边界的唐僧自然也是凡人，他已经历尽艰辛，可"行百里者半九十"，他就在"半九十"的征途，突然陷入了游戏和娱乐的困境中。他被辟暑、辟寒、辟尘三个犀牛精所困。这三个妖精，也是他内心的三个妖精，是心魔。要除这个心魔，靠齐天大圣不行，得请玉帝下旨，请斗牛宫外四木禽星帮助。

  按阴阳五行说，居于青龙山东北艮地玄英洞的妖怪属土，而那四木禽星属木，木能克土，犀牛精便自然能被四木禽星降服。

  我想，在天竺国界设有这样一个障碍，对唐三藏而言是非常重要的一课。

  《西游记》第九十三回有词一首，呼应这次因娱情赏灯而酿成的灾难：

    起念断然有爱，留情必定生灾。灵明何事辨三台？行满自归元海。
    不论成仙成佛，须从个里安排。清清净净绝尘埃，果正飞升上界。

此词，道破了我们多灾多难的总根，值得铭记于心。

62. 念得晓得还是解得

《西游记》第十九回,唐僧、孙悟空收了老猪,过了乌斯藏国界,在浮屠山,乌巢禅师向唐玄奘传授了《心经》。《心经》凡五十四句,共计二百七十字,是修真之总经。

唐僧凭一点灵光作偈一首,偈尾是"人牛不见时,碧天光皎洁。秋月一般圆,彼此难分别",唐僧那时那地也算悟彻了《心经》。

老和尚天天念经,简直是倒背如流了。

可是,一路风餐露宿,对于何时能到西天大雷音寺,唐僧一路上三番五次唠叨。第九十三回,唐僧师徒在天竺国外郡金平府灭了三个犀牛精,享了近一个月的素宴,终于起身。

　　唐僧道:"徒弟,虽然佛地不远,但前日那寺僧说,到天竺国都下有二千里,还不知是有多少路哩。"

这时候,悟空就开始调教这个没有耐性的师父了:

　　行者道:"师父,你好是又把乌巢禅师《心经》忘记了也?"三藏道:"《般若心经》是我随身衣钵,自那乌巢禅师教后,那一日不念,那一时得忘?颠倒也念得来,怎会忘得!"

此时,悟空俨然成了师父,开始教训这个愚笨的和尚:

　　"师父只是念得,不曾求那师父解得。"

这话就很有分量，徒弟毫不留情地指出，你这是"老和尚念经，有口无心"。你这是"知"而不"识"。

读者要注意，西行路上的历劫过程，对孙猴子而言，也是一个悟的过程。地近天竺国，孙猴子凭着天地赋予的根器已经开悟，他完全担当得起"人生导师"的角色。当初菩提祖师赐其名"悟空"，这"空"字就是《心经》的核心。《西游记》第一回结尾，当须菩提赐石猴姓名时，作者有一句高度概括石猴修心的点睛之笔：

　　正是：鸿蒙初辟原无姓，打破顽空须悟空。

去"顽空"悟"真空"是猴子的本家功夫，是猴子的初心，在这方面，唐僧当然远远不及石猴。

面对没有耐性的唐僧，石猴点破"师父只是念得，不曾求那师父解得"。这话可谓揭了唐僧的老底，三藏非悟"空"，当然会生气：

　　三藏说："猴头！怎又说我不曾解得！你解得么？"
　　行者道："我解得，我解得。"

这是西行路上猴头与唐僧最高级别的学术争论。争论的结果是两者心底自明："三藏、行者再不作声。"

彼此"不作声"，唐僧是心服口服，猴头是当仁不让后见好就收。

但此时悟能尚未悟"能"，悟净也未悟"净"。面对大师兄和师父的争论，两人的反应是"旁边笑倒一个八戒，喜坏一个沙僧"。两个轮番对大师兄开炮，八戒道：

　　"嘴靶！替我一般的，做妖精出身，又不是那里禅和子，听过讲经，那里应佛僧，也曾见过说法！弄虚头，找架子，说甚么'晓得，解得'！怎么就不作声？听讲！请解！"

沙僧道：

> "二哥，你也信他。大哥扯长话，哄师父走路。他晓得弄棒罢了，他那里晓得讲经！"

三藏道：

> "悟能、悟净，休要乱说。悟空解得是无言语文字，乃是真解。"

这场围绕《心经》的学术争论，趣味无穷，最后，老和尚认了"弟子不必不如师"。人生在世，学习的最终法门是"解得"，心领神会，不着言语。不能"解得"，面对经典纵然倒背如流，也只是"念得""晓得"而已，如果只是停留于此，精神就无法成长。

唐僧师徒地近天竺国时的那段学术论争，耐人寻味，值得我们一品再品。

63. 发自肺腑的敬畏

在《西游记》中，孙悟空自始至终尊敬的人物有三个，对这三个人，他没有过半句调侃的话。

第一个当然是他的师父，菩提祖师。一日为师，终身为父，菩提祖师是真正无条件教孙悟空的高人，且是实实在在传给了他真功夫。驾筋斗云解决的是交通问题，七十二般变化能随心所欲，都是孙悟空的立身之本。菩提祖师作为猴子的授业之师，先生之风山高水长，孙悟空对此自然敬畏有加。

太上老君让猴子炼就了"火眼金睛"，但这"火眼金睛"的炼就，只是偶然，是歪打正着的结果，太上老君的初衷是要报仇，要烧死妖猴。所以，孙悟空从来没有对太上老君有过半点感激，在后来的交往中对他也多有调侃之词。

孙悟空无条件敬畏的第二个人物就是弥勒佛。为什么敬畏弥勒？第六十六回，弥勒现身收黄眉老妖，孙悟空见了，连忙下拜道："东来佛祖，那里去？弟子有失回避了。万罪！万罪！"如来是西来佛，弥勒是如来的继承人，叫"东来佛"，换句话说，弥勒是如来的接班人，他是未来佛。再加上，孙悟空跟那个嘻嘻哈哈的弥勒之间，从来就没有过不愉快的交集。当初大闹天宫时，弥勒也没有参与对孙悟空的降伏行动，所以弥勒是"大肚能容天下难容之事"。他那个后天袋，威力想来孙悟空也是知道的，装人、装神、装天下，是当初弥勒与如来争胜之法器，其威力远远大于镇元大仙的乾坤袖、太上老君的金刚琢。

关于这个人种袋，明代《三宝太监下西洋记》里有一段阿难与燃灯佛的对白。

> 阿难道："佛爷岂不知弥勒佛、释迦佛赌胜的事？"佛爷道："是那一次赌胜的事？"阿难道："是那一次释迦佛偷了弥勒佛的铁树花，要掌管世界，弥勒佛就把个世界上的中生好人，都装在乾坤叉袋里面。"

现在大家明白了吧，弥勒为什么是未来佛，因为他得了天下的"好人"，得人才者，得天下。

孙悟空无条件敬畏的第三个人物是太阴星君。《西游记》第九十五回，孙悟空与想破唐僧真阳的玉兔精打得危急之时，太阴星君为救玉兔下凡。孙悟空见到太阴星君，慌得一反常态，躬身施礼道："老太阴，那里来的？老孙失回避了。"一如当初见弥勒的样子。孙猴子见玉帝、观音、如来均不回避，见了太阴星君和弥勒却自觉地要回避。

读者要明白，对一个人真正的敬畏往往不是出于立场，而是基于起码的逻辑。

逻辑是弥勒的人种袋曾经收了天下所有的好人，只不过当初燃灯佛要借用弥勒这个叉袋，结果不小心抖落了人种，想来孙悟空也在此列，也就是弥勒是天下好人的"来处"，孙悟空见了弥勒理当自觉回避。

见了太阴星君为什么要回避呢？我们得从《西游记》第一回中孕育孙猴子的那块石头说起：

> 其石有三丈六尺五寸高，有二丈四尺围圆。三丈六尺五寸高，按周天三百六十五度；二丈四尺围圆，按政历二十四

气。上有九窍八孔，按九宫八卦。四面更无树木遮阴，左右倒有芝兰相衬。盖自开辟以来，每受天真地秀，日精月华，感之既久，遂有灵通之意。内育仙胞，一日迸裂，产一石卵，似圆球样大。因见风，化作一个石猴。五官俱备，四肢皆全。

读者一目了然，那石头"每受天真地秀，日精月华，感之既久，遂有灵通之意。内育仙胞"。也就是说，没有掌管月球的太阴星君，石头不可能受月之精华，不会有灵通，更不可能育仙胞。太阴星君，也是石猴的来处。通灵的石猴见太阴星君，自然如见父母，敬畏有加。

孙猴子尊师，是不忘后天精神之根本；尊弥勒，是因为那个后天袋是天下人才的原乡；敬太阴星君，是敬自然天地日月。

以此类推，我们人当然也得尊师、爱原乡、敬天地自然。那种敬不是出于立场，而是基于起码的逻辑。

64. 心境不宁坐大牢

《西游记》第七十四回至第七十七回,从狮驼岭到狮驼国,唐僧师徒总共经历了四难,从功课的角度而言,唐僧在其间修了四个课时。

这四个课时的精心设计者当然是如来自己。他调动了文殊菩萨的坐骑青毛狮、普贤菩萨的坐骑白象,参与演出的还有云程九万的大鹏雕。

三个禽兽,吃尽阎浮世上人。孙悟空在对付三个妖魔的时候,终于用上了观音菩萨当年在蛇盘山赐的三根救命毫毛。菩萨赐三根毫毛时说:"若到那无济无主的时节,可以随机应变,救得你急苦之灾。"

关在阴阳集气瓶里的猴子终于无济无主,急中生智,在要紧处三根毫毛起到了最大的作用。

在伏魔的过程中,如来亲自出场了,这足以证明,这几难在八十一难中的分量很重。

在这些困难中,值得我们研究的细节之一是大圣被装进阴阳集气瓶里的表现:

> 半晌,倒还荫凉,忽失声笑道:"这妖精外有虚名,内无实事。怎么告诵人说这瓶装了人,一时三刻,化为脓血?若似这般凉快,就住上七八年也无事!"咦!大圣原来不知

那宝贝根由：假若装了人，一年不语，一年荫凉；但闻得人言，就有火来烧了。大圣未曾说完，只见满瓶都是火焰。幸得他有本事，坐在中间，捻着避火诀，坐在中间全然不惧。耐到半个时辰，四周围钻出四十条蛇来咬。行者轮开手，抓将过来，尽力气一撾，撾做八十段。少时间，又有三条火龙出来，把行者上下盘绕，着实难禁，自觉慌张无措道："别事好处，这三条火龙难为。再过一会不出，弄得火气攻心，怎了？"他想道："我把身子长一长，券破罢。"好大圣，捻着诀，念声咒，叫"长！"即长了丈数高下，那瓶紧靠着身，也就长起去；他把身子往下一小，那瓶儿也就小下来了。行者心惊道："难！难！难！怎么我长他也长，我小他也小？如之奈何！"说不了，孤拐上有些痛疼，急伸手摸摸，却被火烧软了，自己心焦道："怎么好？孤拐烧软了！弄做个残疾之人了！"忍不住吊下泪来。

面对困境，猴子的表现先是大笑，再是不惧，后自觉慌张，接着心气攻心，然后心惊，再后心焦，最后掉下泪来。

短短一段文字，作者把一条人物的心理线索理得明明白白。

照我们自己的亲身经历，我们面对巨大困境的心理，大凡也是如此。

阴阳集气瓶存在的修炼意义，我们从瓶子的功能就能看出来。

那宝贝根由：假若装了人，一年不语，一年荫凉；但闻得人言，就有火来烧了。

在困境中，你得静，内心越是不淡定，蛇、火龙等就越会来咬你、吞噬你。"阴阳集气"贵在阴和阳的调和，调和了就会凉快，心有稍动，便有攻心之毒。

注意，阴阳集气瓶是小牢狱，人的多动之心是大牢，心静，人心和小牢尽是阴凉的天堂。

现在，悟空脱牢，他想到了三根救命毫毛。三根救命毫毛为什么能让悟空脱牢？表象是三根毫毛变作了金刚钻、竹片、棉绳，做成了匠人的拉钻。本质远非如此，我们回过来读《西游记》第十五回，看看三根救命毫毛是怎么来的：

> 菩萨将杨柳叶儿摘下三个，放在行者的脑后，喝声"变！"即变做三根救命的毫毛，教他："若到那无济无主的时节，可以随机应变，救得你急苦之灾。"

这三根毫毛原是那净瓶里的杨柳叶，那杨柳叶能赶走泾河龙王的鬼魂，能让鹰愁涧的孽龙变马，能灭红孩儿的三昧真火，能让五庄观的人参果树死而复生。

所以，三根毫毛，乃是宁神静心的三根毫毛，能除贪、嗔、痴、爱、恶、欲。

猴子在阴阳集气瓶中的困境告诉我们，我们之所以会入"大牢"，那是因为我们不能安静，不能"聚精"，自然无法"会神"，身心自然会被关进自己设置的"大牢"里。

西游记第七十五回回目是"心猿钻透阴阳窍　魔王还归大道真"，魔王是谁？是我们自己无法宁静的心。

65. 天上舅舅也大

《西游记》中，如来对狮驼国大鹏鸟变的毒魔的处理手段很有意思，在逻辑上似乎有点说不过去：大鹏鸟居然成了佛祖的舅舅。

这层关系，并不复杂，如来曾在灵山顶上修成六丈金身，被刚出世的孔雀一口吞了下去。如来剖开孔雀脊背，跨上灵山，欲伤大恶的孔雀之命；结果被诸佛劝解，说伤孔雀就等于伤母亲。

这样如来就凭空得了一个想吞吃他的妈妈，既是妈妈，当然得善待她，如来以德报怨，在灵山大会上封她做"佛母孔雀大明王菩萨"。

大鹏是谁？他跟孔雀都是凤凰所生。如此一转折，这大鹏就成了如来的舅舅。

中国有句俗话："天上老鹰最大，地上舅舅最大。"如来的舅舅在天上当然非同一般。那金翅大鹏雕有怎样的影响力呢？小说第七十四回，太白金星变的老者是这样提醒猴子的：

> "那妖精一封书到灵山，五百阿罗都来迎接；一纸简上天宫，十一大曜个个相钦。四海龙曾与他为友，八洞仙常与他作会。十地阎君以兄弟相称，社令、城隍以宾朋相爱。"

后来，孙悟空碰到小钻风，那小妖又是如此吹嘘自己的主人的：

"那厢有座城,唤做狮驼国。他五百年前吃了这城国王及文武官僚,满城大小男女也尽被他吃了干净。"

不得了,如来名义上的舅舅五百年前曾让自己的肚子成了国王、官员、大小男女的坟墓。这金翅大鹏雕真是"众生平等",所有人全成了他的下酒菜。五百年来他在狮驼国自己做了国君。

站在人的角度看,这金翅大鹏雕真是罪大恶极。金翅大鹏雕还想吃唐僧,破坏"西天取经"这一伟大的项目,甚至还想攻占大雷音寺。

任性大胆的金翅大鹏雕为什么敢如此疯狂?他姐姐或妹妹是佛母孔雀大明王菩萨,他妈妈是开天辟地时的禽类老大——凤凰。他为什么要吃人?他能不吃人吗?好像办不到。

我们看看庄子是怎么描写大鹏的。庄子《逍遥游》里的大鹏形象是,"鹏之背,不知几千里也","其翼若垂天之云",能"抟扶摇直上九万里",没有飓风,大鹏还起飞不了,一飞,瞬间就能从南极飞到北极。我们再看《西游记》里大鹏的形象。小钻风说,大鹏因为蟠桃会王母娘娘没请他,欲争天下,曾一口吞十万天兵天将,行动时能抟风运海,振北图南,他振翅一下也是九万里。

现在大家明白了吧,这只大鹏就是好吹牛的庄子笔下的大鹏。大鹏一呼吸,有无数生物进入他的腹腔,就像我们一呼吸,有数以千万计的我们看不见的微生物进到我们的身体里。

如果大鹏一呼吸罪大恶极,那么我们一呼吸呢,不同样如此吗?故无论是当初孔雀活吞如来的丈六金身还是大鹏吞食一国之众生,可能都是生理上无法避免的行为。如同我们无法避免呼吸间杀死众多微生物一般。

从这个逻辑上看,无论是孔雀还是大鹏,只能是我们劝善的对象。他们一个做了佛母，一个在佛的头顶做了护法。

在佛看来，灭杀不是解决问题的方法，解决问题的方法是平衡力量，和谐相处，变敌为友。

如果做不到，那所谓正义的灭杀行为，是有罪过的。

那只任性的金翅大鹏雕在佛顶无法逃遁时，跟如来有过这样一段有趣的对话：

  大鹏：如来，你怎么使大法力困住我也？

  如来：你在此处多生孽障，跟我去，有进益之功。

  大鹏：你那里持斋把素，极贫极苦；我这里吃人肉，受用无穷；你若饿坏了我，你有罪愆。

  如来：我管四大部洲，无数众生瞻仰，凡做好事，我教他先祭汝口。

这段彼此都服软的对话，很有意思，会给读者很多启发。

人心要能理解这样的逻辑，可能是千难万难的。伏金翅大鹏雕的阵营是巨大的，过去佛、现世佛、未来佛、代表智慧的文殊、代表至善的普贤、五百罗汉、三千揭谛等都见证了如来非凡的伏魔行为。此举就是要让众生相信，这样的处置合情合理、至慈至悲。

小说启示读者，人应该有这样的器宇。

66. 寇员外，灵山脚下一大寇

唐僧师徒到大雷音寺前的最后一站是铜台府。此地属西牛贺洲，西方佛地，离灵山只有八百里路。初到铜台府，唐僧就想找个地方化斋，有两个老者正在闲讲闲论，——说甚么兴衰，谁圣谁贤，当时的英雄事业，而今安在，诚可谓大叹息。

真有"滚滚长江东逝水，浪花淘尽英雄，是非成败转头空"的味道。

两个好评古论今，似乎看破红尘的老头对唐僧的态度一般，他们对唐僧打断他们谈话的兴致颇为不满。他们对铜台府地灵县的寇员外，言语间似乎也藏着不屑。

"长老若要吃斋，不须募化，过此牌坊，南北街，坐西向东的，有一个虎坐门楼，乃是寇员外家。他门前有个'万僧不阻'之碑。似你这远方僧，尽着受用。去！去！去！莫打断我们的话头。"

这个寇员外，有点"崇洋媚外"，远方僧"尽着受用"，当地和尚，估计没得过他多少好处。

文中还有一个细节，可以进一步看出寇员外势利的一面。当寇员外的妈妈得知儿子忙着整治斋供的时候，她问僮仆道："是那里来的僧，这等上紧？"此话足以说明，这个寇员外斋僧是有分别的。

在寇员外眼里，唐僧师徒是天降的好人，所以要尽快整斋供养。

更具讽刺意味的是，寇员外的儿子寇栋说："家父斋僧二十馀年，更不曾遇着好人。"

我的天哪！在这个西天佛地，寇员外记录在册的斋过的九千九百九十六个和尚中，居然没有一个好人。

这里的精神文明建设似乎有严重问题。先前唐三藏受两个不够纯朴的老头指点，果然发现了"万僧不阻"碑时，说了一句非常天真的话：

"西方佛地，贤者，愚者，俱无诈伪。那二老说时，我犹不信，至此果如其言。"

西方佛地究竟有无诈伪呢？我们来看看这个寇员外是如何招待唐僧师徒的：

第一次斋堂吃斋，食物丰盛，忙得七八个僮仆往来奔奉，四五个庖丁不住手，上汤的上汤，添饭的添饭。一往一来，真如流星赶月，这哪里像是斋僧哟，那是招待京官的架势。

看着老猪风卷残云的吃相，想来唐僧觉得难为情了，受用一顿便要起身告辞，那员外拦住道："老师，放心住几日儿。常言道：'起头容易结梢难。'只等我做过了圆满，方敢送程。"

这个暴发户，斋僧纯粹就是为了完足万僧之数。被"诚意"感动的唐僧又留下了五七个朝夕。于是寇员外又选定良辰，请了本处应佛僧二十四个开启佛事。作者写道，这里的佛事跟大唐的世情一般，同样要"拜水忏，解冤愆；讽《华严》，除诽谤"。

我的天哪，西方佛地，与在如来眼里精神文明建设一塌糊涂的南赡部洲差不离，人也要犯错，得"忏"，也就是自觉开展自我批评，有"冤"，有"诽谤"。谁说西方是孩子的天堂？太天真了。

热闹的佛事做了三昼夜,唐僧又不好意思,急着要走路,寇员外再次挽留,意图再供养半月。三藏第三次绝意告辞,让员外的老娘和儿子很恼,说话很不客气:

"好意留他,他这等固执要去,——要去便就去了罢!只管唠叨甚么!"

你看,寇员外为完结"斋万僧"这个圆满的梢,就不管人家取经钦定的期限了。这哪里是留客,简直是绑架了,或者有点软禁的味道了。

唐三藏三辞不成,还留最后的一日。那最后一日,寇员外极尽铺张,狠狠地给自己做了一回广告,写了百十个简帖,邀请邻里亲戚,又是筵宴一番。明日送行时做了二十对彩旗,还觅了一般吹鼓手,一班和尚,一班道士,极尽奢侈,不亚王侯,欢声惊天动地,到日中时分终于辞行,又是鼓乐喧天,旗幡蔽日。这场富贵,"赛过珠围翠绕,诚不亚锦帐藏春",送行十里,长亭又短亭。这个寇员外最终和三藏别离,又夸张地放声大哭。

至此,这场盛大的斋僧行为变成了白吃白喝,老猪羡慕煞了这样的好日子,到灵山脚下也不想取经的大事了。这哄哄闹闹让大家变得就有点浑蛋了。

这寇员外因为行事招摇,被十数个贼惦记,唐僧师徒离去后,终于招来了强盗,寇员外因不舍财物,对强盗哀告,被一脚踹死。

寇员外的好心,似乎没有得到好报,财被劫、房被烧、人被杀。正赴灵山的唐僧,被寇员外老妈狠狠诬蔑了一番,说点火的是唐僧,挂刀的是猪八戒,搬金银的是沙和尚,打死人的是孙行者。

你看，泰极生否，唐僧师徒就此进了班房。

我们说，寇员外的斋僧行为，是一场持久的软禁，唐僧师徒受告进班房是一夜的牢狱之灾。

这是西行路上的第七十九难。

第七十九难，幽默滑稽地告诉读者，红尘富贵，犹烈火烹油，这世界上，还真没有免费的午餐。

这个寇员外，姓的是寇，在灵山脚下，他就是一个以富贵考验众僧的寇。故而他曾经斋过的九千九百九十六个和尚，没一个说他是好人，这九千九百九十六个和尚，也许就是因为白吃白喝沉迷于富贵而误了取经的大业。

吃人嘴软，拿人手短，因为斋僧的情面，也为了自己的方便，孙悟空最后还是到阎罗殿给那个寇员外开了个后门，让他还魂，多活了十二年。要消灾，只能如此行事。

67. 唐僧对美人的免疫力

引导学生阅读《西游记》整本书，大家会很自然地关注猪八戒的好色，因为老猪的存在，唐僧西行路上"戒色"的过程就被忽略了。

一部《西游记》，唐僧历经九九八十一难，读者如果用心，就会发现，唐僧对美女的免疫力的提升过程是小说一条明亮的线索。

西行路上，唐僧过的第一个美人关是在第二十三回《三藏不忘本　四圣试禅心》。四圣对唐僧发动了三轮进攻。

第一轮进攻，黎山老母说出她有家资万贯，良田千顷，死了丈夫，母女四人欲坐山招夫。唐僧闻之，"推聋妆哑，瞑目宁心"。第二轮进攻，黎山老母以享用不尽的田地庄堡金银绫罗等俗世的物质诱惑唐僧，唐僧的反应是"如痴如蠢，默默无言"。第三轮进攻，黎山老母说：

"我是丁亥年三月初三日酉时生。故夫比我年大三岁，我今年四十五岁。大女儿名真真，今年二十岁；次女名爱爱，今年十八岁；三小女名怜怜，今年十六岁；俱不曾许配人家。虽是小妇人丑陋，却幸小女俱有几分颜色，女工针指，无所不会……"

听了这些话，唐僧的反应是：

"好便似雷惊的孩子，雨淋的虾蟆；只是呆呆挣挣，翻白眼儿打仰。"

后幸亏有老猪比之更加失态，让唐僧忽尔警惕，才不失禅心。

我们再来看第二十七回《尸魔三戏唐三藏　圣僧恨逐美猴王》，白骨精变作月貌花容的女儿，眉清目秀，齿白唇红。我们来看三藏这个出家人对向他径奔而来的美人，看得有多专注，多用心，有诗为证：

圣僧歇马在山岩，忽见裙钗女近前。
翠袖轻摇笼玉笋，湘裙斜拽显金莲。
汗流粉面花含露，尘拂蛾眉柳带烟。
仔细定睛观看处，看看行至到身边。

唐僧的反应是，先让老猪打头阵，猪八戒当然动了凡心，"分明是个妖怪，他却不能认得"，等美人近到三藏跟前，一见，"连忙跳起身来"，他也动了凡心，"分明是个妖精，那长老也不认得"。

这时候，女色一下子迷乱了唐僧的审美。这女子太美了，颠覆了他的价值观。此刻，在他眼里，美的就是好的，就是善的。在活生生的美女面前，他已经不相信"火眼金睛"的孙悟空。

孙悟空没法子，在美人面前给唐僧做思想工作：想当初老孙为妖，想吃人肉，也会变金银、变庄台，或变醉人，或变女色，迷好色之人，随心或蒸或煮，吃不了的人肉还晒成干。

可是，眼前白骨精变成的美女实在诱人，唐僧不相信孙猴子，不相信火眼金睛，一口咬定，这美人是个好人。

没办法，猴子只能揭穿三藏的老底：

"师父，我知道你了，你见他那等容貌，必然动了凡心。若果有此意，叫八戒伐几棵树来，沙僧寻些草来，我做木匠，就在这里搭个窝铺，你与他圆房成事，我们大家散了，却不是件事业？何必又跋涉，取甚经去！"那长老……羞得个光头彻耳通红。

"羞得个光头彻耳通红"是实证。

第五十四回《法性西来逢女国　心猿定计脱烟花》，三藏的禅心再次受到考验。集权力、财色于一身的女儿国国王，一心想要嫁给他。三藏闻言，耳红面赤，羞答答不敢抬头。眼里有美人，自己又是出家人，故不敢抬头。如果四大皆空，把美人看作一堆碳水化合物，和尚就无所畏惧了。这个善良而美丽的女王面对唐僧，不再矜持，一把扯住三藏，俏语娇声，叫道："御弟哥哥，请上龙车，和我同上金銮宝殿，匹配夫妇去来。"唐僧的反应是"战战兢兢立不住，似醉如痴"。但这时的三藏，理想和信念已经占了上风，他是怕逢女色，"只思量即时脱网上雷音"。

心里有个"怕"字，说明女色对三藏还是有诱惑的。

第五十五回《色邪淫戏唐三藏　性正修持不坏身》，唐僧被西梁国毒敌山琵琶洞的蝎子精摄去，蝎子精是活脱脱一个大美人，这个美人要摄取唐僧的元阳。这个时候，唐僧对美色免疫力空前提升，不再有一个"怕"字了。书中写道：

> 好和尚，真是那：目不视恶色，耳不听淫声。他把这锦绣娇容如粪土，金珠美貌若灰尘。一生只爱参禅，半步不离佛地。那里会惜玉怜香，只晓得修真养性。那女怪，活泼泼，春意无边；这长老，死丁丁，禅机有在。一个似软玉温香，一个如死灰槁木。那一个，展鸳衾，淫兴浓浓；这一个，束褊衫，丹心耿耿。那个要贴胸交股和鸾凤，这个要面壁归山访达摩。女怪解衣，卖弄他肌香肤腻；唐僧敛衽，紧藏了糙肉粗皮。女怪道："我枕剩衾闲何不睡？"唐僧道："我头光服异怎相陪！"那个道："我愿作前朝柳翠翠。"这个道："贫僧不是月阇黎。"女怪道："我美若西施还袅娜。"

唐僧道:"我越王因此久埋尸。"女怪道:"御弟,你记得'宁教花下死,做鬼也风流'?"唐僧道:"我的真阳为至宝,怎肯轻与你这粉骷髅……"

至此,唐僧在西行路上淡定从容地守住了真阳。但这份坚守,在第七十二回《盘丝洞七情迷本　濯垢泉八戒忘形》中,有动摇的征兆。那一回唐僧定要亲自出门化缘,先是见到四个蜘蛛精化身的美人,"妖脸红霞衬,朱唇绛脂匀。蛾眉横月小,蝉鬓叠云新"。

唐僧看那四个美人"少停有半个时辰,一发静悄悄鸡犬无声"。

看美人,看了半个时辰,唐僧被迷了。

足足半个时辰后,唐僧再趋步上桥,又见到三个踢气球(蹴鞠)的美人,唐僧见美人"汗沾粉面花含露,尘染蛾眉柳带烟。翠袖低垂笼玉笋,缃裙斜拽露金莲"。

唐僧躲着欣赏美人又是"看得时辰久了",并向她们化斋。

第七十二回,七情迷本,迷的就是唐僧的本。

第八十三回,托塔李天王的干女儿,即偷食了如来香花宝烛的金鼻白毛老鼠精,使尽美人计也破不了唐僧的元阳了。

第九十五回,月宫里的玉兔变作天竺国的假公主,唐僧被她招为驸马,面对天竺国宫廷一对对赛西施的美人,三藏毫不动念。孙悟空夸唐僧:"身居锦绣心无爱,足步琼瑶意不迷。"自此,唐三藏面对美女,坐怀不乱,有了金刚不坏之身。

自古英雄难过美人关,唐僧作为一个肉体凡胎的和尚,过美人关,可谓处处惊险,处处刺激,每一次涉滩过河,都是《西游记》的精彩之处。

68. 不着一字亦真经

唐僧因为没有给阿傩和迦叶人事,所以被传了无字真经。

无字真经是上好的经书。燃灯古佛却说:"东土众生愚迷,不识无字之经。"然后让白雄尊者作法,让唐僧折回取有字真经。

因为取了无字真经,唐僧师徒均认为上了阿傩和迦叶的当,孙悟空就去找如来讨个说法,如来所说与燃灯古佛如出一辙:

"白本者,乃无字真经,倒也是好的。因你那东土众生,愚迷不悟,只可以此传之耳。"

东土众生的愚迷究竟表现在哪里?唐僧到西天后,如来对他有过一段训话:

"你那东土乃南赡部洲。只因天高地厚,物广人稠,多贪多杀,多淫多诳,多欺多诈;不遵佛教,不向善缘,不礼三光,不重五谷;不忠不孝,不义不仁,瞒心昧己,大斗小秤,害命杀牲……虽有孔氏在彼立下仁义礼智之教,帝王相继,治有徒流绞斩之刑,其如愚昧不明,放纵无忌之辈何耶!"

愚迷之人,只能读次一等的经书,白纸黑字,阅读的时候不需要拐几个弯,写得明明白白,容易参悟。

无字经书是什么东西?

无字经书是"一叶一菩提,一沙一世界"。

《淮南子·说山训》："以小明大，见一叶落而知岁之将暮，睹瓶中之冰而知天下之寒。"唐人诗："山僧不解数甲子，一叶落知天下秋。"读自然中的细节，就能推知岁月的变化。

"子在川上曰：'逝者如斯夫。'"孔子看到流水一去不还，他老人家就知道，人生是一个矢量，生命不可重来。

古人在清静淡泊的环境下，在一粒沙中看世界，在芥子中看得到天地之宏大，在阅读天地自然的过程中，就能感知生命，顿悟人生。他们读的就是无字的真经。他们擅长在生命的体验中，在实践中了解天地宇宙，感知真理。

灵魂越是纯净，心性就越是明亮，那时候，有字的经书不读也能洞明学问。

我们知道，禅宗五祖弘忍有两个弟子，其中神秀少习经史，满腹经纶，博学多闻，慧能是一个砍柴夫，在寺庙时也只是一烧饭的伙头和尚。有一天，神秀在墙上写了一首无相偈：

身似菩提树，心如明镜台。

时时勤拂拭，勿使惹尘埃。

偈诗充分体现了神秀内心对佛的虔敬，强调执着渐修。面对此偈，五祖弘忍亲告神秀说："汝作此偈，未见本性，只到门外，未入门内。如此见解，觅无上菩提，了不可得。"

慧能听人读了这首偈后，也口占一首菩提偈，请人书写在墙上：

菩提本无树，明镜亦非台。

本来无一物，何处惹尘埃。

这首偈诗充分体现了放下一切，不再执着的"空"的思想。面对慧能的菩提偈，一众皆惊，显然慧能的境界远高于神秀。而五祖的表现很有意思，五祖观后将鞋擦了偈，曰："亦未见性……

既然清静，何必有偈。"但五祖已经决定把衣钵传给那个不识一字的伙头和尚了。

讲禅宗这个故事，其实无非就是告诉大家，慧能作为伙头和尚，在做饭时，在砍柴时，总之是在实践中，读懂了生活这本无字真经。对不被功名利禄蒙蔽的智者而言，在一粒沙中也能看到十万华严。

伟大的无产阶级革命导师也说，"实践出真知"。真知不在书里，真知在实践中，在阅读山川日月、身体力行、努力劳作之中。

而阅读有字的真经，则是给人提供了读无字真经的法门。这个道理，燃灯佛祖和如来佛祖全懂，唐朝和尚放不下一个"破碗"——唐王给的紫金钵盂，还欠那么一点火候。

69. 世上没有免费的午餐

唐僧师徒随阿傩、迦叶到藏经阁取经，如来身边的这两个常侍公然问唐僧要人事。三藏闻言道："弟子玄奘，来路迢遥，不曾备得。"二尊者笑道："好，好，好！白手传经继世，后人当饿死矣！"

这是《西游记》第九十八回中的情节，在大多数读者看来，这是比较发谑的细节。

在民众的眼里，西天干的是普度众生的公益事业。现在如来身边的工作人员阿傩和迦叶提出要"好处费"，这两个已然修成正果的工作人员似乎有捞油水的嫌疑。

是的，在现实生活中，我们大多数人都把寺庙当成最高效的办公地点。烧炷香、磕个头，念声阿弥陀佛、菩萨保佑，巴望身体健康、升官发财、孩子高中、家庭和睦……总之，就是要以最低的成本获得最大的利益。这种行为，乡下人有句话，就是"空麻袋籴米"。

唐僧师徒到西天取经，就是空麻袋籴米。他们不想付劳务费，根本没有考虑，一本经文应该包含稿费、纸张费、印刷费、存储费、专利费。他们认为西天佛祖、八菩萨、四金刚、五百阿罗、三千揭谛、十一大曜、十八伽蓝等，他们修成正果了，整天喝的是西北风，专干无私奉献的事情，是全心全意为人民服务的。

孙猴子可能也认为，当初自己在灵台方寸山斜月三星洞须菩提那边学艺，接受的是义务教育，一分钱学费都没有付过，所以在他的意识里，只要是传业、授道、解惑，就不应该付钱，尤其是在所谓的佛门清净之地，谈钱就伤感情了。孙猴子没想过他在灵台方寸山修了七年，也干了七年活，他其实是在"勤工俭学"呢。

世上没有免费的午餐，这话非常接近真理。

唐僧师徒历经众多魔难，还没明白，忽略别人的"私心"，只想着要别人奉献，其实是一种道德绑架，其本身就是一件不够道德的事情。

"好，好，好！白手传经继世，后人当饿死矣！"三个"好"，其实是责怪唐僧拎不清。"后人当饿死矣！"考虑的是后世子孙可持续发展的问题。

所以，该付的报酬还是要付的，那是一种获取精神食粮的姿态。

唐僧取了白字经文，孙猴子跑到如来面前问责阿傩、迦叶，关于人事问题，如来有一段十分君子的坦荡说法：

"你且休嚷。他两个问你要人事之情，我已知矣。但只是经不可以轻传，亦不可以空取。向时众比丘圣僧下山，曾将此经在舍卫国赵长者家与他诵了一遍，保他家生者安全，亡者超脱，只讨得他三斗三升麦粒黄金回来。我还说他们忒卖贱了，教后代儿孙没钱使用……"

其实索要人事这一细节，意义远非只此。

索要人事对唐僧而言，也是一次重要的考试。你已经修成正果了，还放不下唐王送的紫金钵盂，你说"弟子玄奘，来路迢遥，不曾备得"，你这个取经人还没"空"，出家人修成正果的境界是"心空及第归"，你却还想着个破碗，还想着这破碗意义非凡。这破碗必须拿出来，把这一点守财的执着给我放下。

此其一。

其二，试想，唐僧历经九九八十一难，回到大唐，说，如来那边的真经是免费取的。估计那些愚迷的东土众僧，知道有这么便宜的事，一定会不珍惜学习的机会。就像今天有些学生接受国家九年义务教育，不出一分钱来到学校，就不会珍惜。他们不明白，其实那"义务"的背后，他们的父母也包括他们自己都是这个国家的纳税人，是付过报酬的。

付点钞票，惜金就会惜时，就会"好好学习，天天向上"，这也是接近真理的说法。

记着，世上永远不会有免费的午餐。如果有，你一定为此付出过，或将来你会为此付出。

这是切切实实的真理。

所以，请理解阿傩和迦叶的伸手。想要取经，请主动付费，多少随缘，这就是自在。

70. 残缺乃天地之大美

唐僧因一心取经，忘了自己曾许诺向如来询问通天河老鼋还有多少年寿，被老鼋翻到了水中。这是西天取经第八十一难。

这难的直接后果是，经文打湿，《佛本行经》几卷沾在了晒经石上，《佛本行经》有了残缺。

唐僧认为，经本不全是因为自己怠慢了，没有照顾好经卷。孙行者笑道：

> "不在此！不在此！盖天地不全。这经原是全全的，今沾破了，乃是应不全之奥妙也，岂人力所能与耶！"

是的，《佛本行经》的残缺，印证了"天地不全"的道理。以此类推，我们的人生也是"不全"的，这世界，花好月圆，长命百岁，心想事成，大富大贵的事情是不存在的。

残缺才是真正的大美。

都说女神维娜斯很美，美在她是"断臂"，这样的美有遗憾，令人心生悲悯，会让人产生无限的想象：她的手臂因何而断？背后有着一个怎样的故事？

不少艺术家曾经想把维纳斯的断臂补上，但最后仍旧是放弃了。

美从来就是形式和内容的结合体，残缺之美才会有追寻和探究的空间。

《佛本行经》在形式上的残，是遗憾的，但它的残缺至少有以下几个好处：

　　一是告诉人们，人生不全，天地宇宙不全。二是警示世人，类似唐僧这样所谓功德圆满之人，一旦失信于人，也是会付出沉重代价的。以此类推，今天我们犯了错误，不可能在因果链上脱落，最终一定会获得相应的报应。三是告诉我们，正是因为经文的不全，才有了我们无限的探索和想象的空间。四是没有这份残缺，唐僧不可能完成佛门中"九九归真"的任务，如此一来，残缺反而成就圆满。可见世间万事万物，得失相辅，祸福相依。

　　八十一难，真是在劫难逃。这么说来，那通天河的老鼋，也是帮了唐僧一个大忙，他制造一难帮唐僧历最后一劫。这最后一难，对老鼋而言同样是功过相依。

　　那么，那只可爱的老鼋得了什么果报呢？当初他驮唐僧师徒过河，有两个原因：一是感激唐僧师徒除了水怪，让他能重回家园；二是有一个条件，希望唐僧去西天向佛打听一下，他啥时能脱胎为人。

　　这只非常关心自己前程的老鼋，心里始终就不明白，这个要求即便唐僧牢记在心，也是问不到结果的。佛是不可能向任何人透露天机的，生命永远是一个谜，扑朔迷离本就是人生的大趣，定数自有但不自知，人生才好玩。所以前程未卜这样的遗憾，对老鼋的生命而言也算是圆满。

　　千年的王八万年的龟，糊里糊涂活下去，不知日月地活下去，享受着"若是之寿"，那也是不错的。

71. 取经容易传经难

唐僧西天取经，凡三十五部，计五千零四十八卷。为取真经，他历经九九八十一难。唐太宗对唐僧的辛苦高度肯定，他的《圣教序》里如是说：

> 乘危远迈，策杖孤征。积雪晨飞，途间失地；惊沙夕起，空外迷天。万里山川，拨烟霞而进步；百重寒暑，历霜雨而前踪……

取经难不难？当然难。

但是，自太宗至今，我个人认为，传经远远要比取经难得多。唐僧历尽艰辛取了真经，唐太宗要他将真经演诵一番，唐僧说："若演真经，须寻佛地。宝殿非可诵之处。"唐太宗好不容易找到洁净的雁塔寺，长老捧几卷登台，还没来得及演诵，八大金刚就急着催促他回西天去了。

也就是说，唐僧取了真经，人心不古、精神文明建设很糟糕的南赡部洲有了好的教材，结果他一节课都没好好上，就到西天去做他的旃檀功德佛了。

从教育观察的角度而言，这是有问题的。就像如今有些老师，得了荣誉、占了功德却离开了传道授业解惑的讲台，多少还是有点不负责任的。

历代僧人解经的过程既是歪曲的过程，也是拨乱反正的过程。要让真经"住"到人的心里,得有教育情怀的好先生,这样的好先生既有着丰富的实践体验(历经九九八十一难),又通晓经义。只有这样的行知一体者,才能了解教育的法门。

如来对南赡部洲的教化是非常不满意的。唐三藏到达西天,如来有过一段训词:

"你那东土乃南赡部洲。只因天高地厚,物广人稠,多贪多杀,多淫多诳,多欺多诈;不遵佛教,不向善缘,不礼三光,不重五谷;不忠不孝,不义不仁,瞒心昧己,大斗小秤,害命杀牲……虽有孔氏在彼立下仁义礼智之教,帝王相继,治有徒流绞斩之刑,其如愚昧不明,放纵无忌之辈何耶!"

对照今天的教化:多贪,一心想致富,富了却还要富,占了后世子孙的资源;多欺,瓜果普遍有膨大剂、甜蜜素;不重五谷,大量的土地抛荒;全民炒房,房价高到天上去;害命杀牲,生态被严重破坏,人类几乎成了地球的害群之马。

昨日的南赡部洲和今日的南赡部洲,其教化似乎没有发生太大的变化。而传说中的真经不是老早就被唐僧取来了吗?

经是客观存在的,但传经者没有好好落实。这是近千年来中国的教化问题。教育本身确实是世界上最难的事情,较之于整个失序不良的社会教化,良师所起的作用杯水车薪。

经被念歪,教材被异化,历代犬儒之风盛行,为生民立命,为往圣继绝学,为万世开太平者寥若晨星。

取经人急于成佛,传经人在蒙昧中,拿着所谓的真经摸索前行,仍是今天教育的沉疴。

传经远比取经难。

《西游记》的结尾,对唐僧师徒而言是喜剧,对众生而言,这幕喜剧多少带点遗憾。

72. 西游里的内修课

唐僧师徒去西天，要走十万八千里，要经历九九八十一难。但孙猴子一个筋斗十万八千里，刹那间就能到西天帮大家把真经取回来。用现在的话说，孙猴子具备的科学技术绝对是第一生产力。可是佛祖偏是一个主张慢生活的人，你们要取真经，你们就得慢慢磨，把那些好大喜功、急功近利的性子磨掉。

孙猴子曾经认为，凭菩提老祖授给他的本事，做弼马温是奇耻大辱，他就自封"齐天大圣"，也就是说，他一下子就从基层干部到和玉皇大帝平起平坐了。可"齐天大圣"这个封号，只有妖认，普通百姓因为心里觉得解气，所以也欣赏这个封号，在仙家眼里，那压根就只是一个浑名罢了。仙家雍容大度，多一事不如少一事，于是见了猴子左一个大圣，右一个大圣，直叫得他忘记了自己是一只猴子。

佛祖是一个重因果的人，因果就是自然规律。既然是自然规律，那么任何事都不可能从因果链上脱落下来。猴子大闹天宫，不惧"如来"是"无法"，不惧"玉帝"是"无天"，如果允许"齐天大圣"另立山头，那么天下众生会怎么看猴子得到的"果"呢？农民要不要辛勤耕耘了？学生要不要认真读书了？就连花草树木都可能对春夏秋冬不管不顾了，这还了得。没有苦其心志、劳其筋骨的"因"，就不可能有甘甜的"果"。佛祖是爱才、惜才的,他不像玉帝、太上老君之流,要把这只无法无天的猴子锉骨扬灰。佛祖要让猴子先待在五行山下思考五百年,然后再让他陪着只有一根筋的唐僧到西天走一趟。猴子越是想急,他越是要你慢,慢是文火,慢是煎熬,有本事的人非得慢下来,那就特别煎熬、特别难受了。

难受就是修炼,开心都藏在难受里边。火中的栗子爆出来是香的,文火炖出来的粥有稻谷的香,经冬的梅花有天地的清香。太上老君的仙丹如果是流水线上生产的,他老人家见了大圣就不至于老有心理阴影;人参果树如果是大棚作物,镇元大仙何必跟猴子急呢?猴子纵有七十二般变化也变不出这些好东西,好东西是慢慢炼出来、慢慢长出来的,仙家也视如珍宝啊!换句话说,凡是刹那间变出来的东西,谁也不会珍惜。

我们做一个假设,如果孙悟空一个筋斗把真经给坐等在长安的唐僧看了,唐僧会珍惜这些经书吗?他能读懂这些真经吗?没有九死一生的经历,他老人家也是读不懂的呀,他只认得字。就像今天,有那么多认得字的人,他们没有生活,没有修炼的"因",就不可能享受阅读经典的"果"。

西游记第八回,如来曰:

"我有《法》一藏,谈天;《论》一藏,说地;《经》一藏,度鬼。三藏共计三十五部,该一万五千一百四十四卷,乃是修真之经,正善之门。我待要送上东土,叵耐那方众生愚蠢,毁谤真言……怎么得一个有法力的,去东土寻一个善信,教他苦历千山,询经万水,到我处求取真经,永传东土……"

要求真经,必有"苦历千山,询经万水"的态度,轻易得来便无法修真正的善。

有人也许会问,照你这么说,孙悟空的筋斗就没用了。技术当然管用,它可让信息对称起来。你孙悟空一个筋斗就晓得,西天路上有千山万水,过几重山,涉几条河,他清清楚楚。清楚了,慢慢走才会安心、放心。今天,网络通信有点像顺风耳、千里眼,火车、飞机让你"一个筋斗十万八千里",这些技术不是让我们求快的,而是让我们安心地慢慢享受生活。这就是西游里的内修课,不懂这些,我们真不配到人间来修炼。

附：八十一味菩提果

大话西游，盘点八十一难，意趣横生。

第一难　金蝉遭贬

金蝉遭贬缘由，在小说第一百回，如来说得清清楚楚：

"圣僧，汝前世原是我之二徒，名唤金蝉子。因为汝不听说法，轻慢果吾之大教，故贬汝之真灵，转生东土。"

很简单，不好好学习，信念不够坚定，所以要下凡历劫。去人间完成81个学分，然后得到一个叫"旃檀功德佛"的果位。

名师终究也一定得出一个高徒。

第二难　出胎几杀

陈光蕊，高中状元，丞相殷开山之女满堂娇，一见钟情，抛绣球于他，二人喜结连理。结果，陈光蕊赴任遇贼，贼刘洪见满堂娇美色，遂起杀人之心，将陈光蕊打死沉江。时满堂娇已有身孕，不知男女，勉强从贼刘洪。金蝉子幸免于胎死腹中的原因是，在满堂娇眼里，如果这孩子是男孩，必须得保住。

这满堂娇重男轻女得很。

第三难　满月抛江

满堂娇生下一子。太白金星给她做了个担保，这孩子，将来声名远大，非比等闲。为免遭刘贼杀害，满堂娇将孩子抛入江中，让老天决定生死，幸有金山寺法明相救，金蝉子又免于一死。

金蝉子转世富贵，虽遭劫难，却有高人相助，此如来一手精心设计也。

看来，不跟老师好好学习，所付出的代价是巨大的。

第四难　寻亲报冤

玄奘自小就觉得"父母之仇，不能报复，何以为人？"

这想法，倒不像佛家的思想。不过世上自有因果，当初陈光蕊救龙王变的鲤鱼，后来龙王救陈光蕊，皆是因果。18岁的玄奘寻得外公，差人报仇，当初谋害陈光蕊的李彪被钉在木驴上，推去市曹，剐了千刀，枭首示众；那个强娶满堂娇，顶替陈光蕊当了几年知县的刘洪，当着玄奘的面被活剐出心肝。

出家人玄奘报冤，充满着血腥的江湖色彩。

第五难　出城逢虎

唐僧是打着皇帝的旗号去取经的。出发的时候，很是热闹，但初出长安，唐僧就目睹了寅将军（老虎精）请熊山君、特处士吃食的场面，美食是唐僧的两个随从。

两个随从被剖腹、剜心，剁碎着吃掉了。老虎请客，首级和心肝给客人，自己吃的是四肢，小妖也只吃到了余下的骨肉。

唐僧初出长安第一场苦难便是自己的随从成了妖怪的大餐。

佛的世界，也必须面对弱肉强食的客观现实。

第六难　落坑折从

唐僧在双叉岭落入虎穴，因自己本性元明，所以没有成为野牛精、熊罴精、老虎精的美食。

何为本性元明？心灵通透，一尘不染。

当然，这只是太白金星的说法。

我们认为，作者不能让唐僧被吃掉，吃掉了唐僧，后续就没有故事了。

第七难　双叉岭上

双叉岭上，太白金星救了唐僧。后唐僧又碰到两只老虎，唐僧目睹镇山太保刘伯钦与虎斗了两个时辰，不分上下。

想来镇山太保也是如来安排来保护唐僧的。当然，唐僧给刘伯钦一家的回报也颇丰，他给刘伯钦的亡父念了《度亡经》《金刚经》《观音经》《法华经》《弥陀经》《孔雀经》。

西天路上，唐僧给了刘伯钦家最上等的服务。刘伯钦救唐僧一命，胜造七级佛屠，他父亲在阴司超脱苦难，消了罪业，阎王差人送他到中华富地托生去了。

灾难的背后常常也藏着幸事。

第八难　两界山头

两界山，唐僧救了孙悟空，对孙悟空有再造之恩。师徒二人首先碰到的麻烦是，遇到六个贼寇剪径，贼寇名字好记：眼看喜、耳听怒、鼻嗅爱、舌尝思、意见欲、身本忧。

孙悟空以退为进，让贼寇乒乒乓乓在脑袋上砍了七八十下。

然后孙悟空三下五去二,来了个斩草除根。唐僧看不过去,忘记了自己十八岁报父母之仇时是如何活剐刘洪心肝的,埋怨猴子全无慈悲好善之心。猴子一生气,就离开了唐僧。

解开猴子心结的是东海龙王,"圯桥三进履"的故事感化了猴子。

这一"难"给猴子带来的麻烦是,回到唐僧身边,他的脑袋戴上了发自如来心苗的紧箍,自此,唐僧把徒弟孙猴子牢牢地掌控在手里。此招实在不够光彩。

第九难　陡涧换马

唐王的白马,是凡间之物,成了鹰愁涧小白龙的美食。失去坐骑是一难。制造困境者,又是解决困境者,小白龙受观音点化,做了唐僧西行路上的脚力。

小白龙因一时之怒,烧了殿上的龙珠,其父六亲不认,到玉帝面前告了他一个忤逆罪,按律得在斩龙柱上处死。观音向玉帝讨他做了唐僧的脚力。

十万八千里,小白龙够冤的。古有"龙文鞭影"的说法,西行负重的小白龙始终是一个自觉的修行者。

第十难　夜被火烧

那把火是一领袈裟惹的祸,其本质是教人"珍奇玩好之物,不可使见贪婪奸伪之人"。

对观音院住持而言,这是一把玩物丧志的火,纵有广智、广谋,最后一把心火,仍把自己给整死了。

对唐僧师徒而言,这是一把不甘低调的火,凡人喜好藏拙晒宝,这样的嗜好必然会燃起一把心火。

第十一难　失却袈裟

这锦襕袈裟，观音说得很是神奇。唐僧一披，衣带庄严，具有了仪式感；金池长老一披，占有欲如烈火，把自己给烧死了；熊罴怪，无根无底，真心喜欢那件袈裟，为那件袈裟还隆重地开了个"佛衣会"，因为那件袈裟的际会，那黑熊不小心得了正果，做了观音紫竹林里的守山大王。

西行路上，袈裟在唐僧手里，没有降妖的魔力，还不如镇元大仙的袖子神奇。

第十二难　收降八戒

猪八戒的嘴脸实际上就是我们本质良善的世人的嘴脸。

收降八戒之前，《西游记》充满着神性，八戒的出现，让小说有了人气味。八戒的漫画色彩，让整部小说意趣横生。

收降八戒是一难，也是唐僧西行路上最大的幸事。

第十三难　黄风怪阻

黄风怪只是偷了如来灯油的黄毛貂鼠，其威力在能吹风。其风一吹，天下不宁。于是天下人都知道，在如来身边，即便一只小小的老鼠也威力无比。天下人以小见大，认为如来的威力不可思议，真是不可思议。

这就是黄风怪的作用。

第十四难　请求灵吉

灵吉菩萨有两样宝贝，一样是定风丹，另一样是飞龙宝杖，这两样宝贝是如来给她专治黄风怪的。先前灵吉菩萨抓黄毛貂鼠，放鼠归山，目的是要靠黄风怪作作怪，让唐僧赚两个学分。

西行路上，黄风怪算是比较可爱的妖怪。其最终没被处死，可见此鼠也有功德。

第十五难　流沙难渡

八百里流沙河，水是弱水，鹅毛飘不起，芦花定底沉。要过河，当然就难了。想当初，有九个取经的和尚，也想过河取经去，可他们先后都被沙悟净给吃了。他们的骷髅成了沙悟净脖子上的首饰。

九个和尚，他们没有金蝉子的背景，都被吃了。

第十六难　收得沙僧

沙僧在天庭做玉帝的贴身保镖。蟠桃会上，他一时大意，把琉璃盏打破了。也就是说，卷帘大将让各路头头在好吃好喝的时候，突然眼前一片漆黑。

想来，神佛们的眼睛也不是电灯泡，圣驾们全都受惊了。倒了八辈子大霉的卷帘大将因为这次安全事件、政治事件被贬到流沙河，受观音点化，成了唐僧的三徒弟。

收得沙僧，菩萨的红葫芦、九个和尚的骷髅，被做成一条法船，让唐僧过了流沙河。过河的唐僧，拜谢观音弟子木叉，顶礼菩萨，就是没有拜一下那几个化作阴风的骷髅。此处情节，颇可玩味。

第十七难　四圣显化

四圣显化试的是禅心。人们大都认为试的是猪八戒的禅心。猪八戒颇具自我批评的精神，说"和尚是色中饿鬼"。

黎山老母变作妇人跟唐僧有过一段交心话：

"我是丁亥年三月初三日酉时生。故夫比我年大三岁，我今年四十五岁。大女儿名真真，今年二十岁；次女名爱爱，今年十八岁；三小女名怜怜，今年十六岁；俱不曾许配人家……料想也陪得过列位长老，若肯放开怀抱，长发留头，与舍下做个家长，穿绫着锦，胜强如那瓦钵缁衣，雪鞋云笠！"

话毕，高僧唐三藏"好便似雷惊的孩子，雨淋的虾蟆；只是呆呆挣挣，翻白眼儿打仰"。

看了唐僧的表现，你说，四圣显化，试的是谁的禅心？

第十八难　五庄观中

当初在盂兰盆会，佛弟子金蝉子亲手递茶给镇元大仙。这情谊，镇元大仙记在心里，于是有了"只许与他两个，不得多费"人参果的交情。

如若镇元子再大气点，给唐僧师徒每人吃一个人参，照顾了唐僧与徒弟的交情，唐僧在五庄观就不会有事故了。

可是，这个地仙与唐僧的交情"只许两个"。

真有点没事找事。

第十九难　难活人参

地仙是一个疙瘩人，人参果树是一棵疙瘩树，三千年一开花，三千年一结果，再三千年方得熟。一万年只结三十个，采果子还要用金击子。果子遇土入，遇火焦，遇水化，遇木枯。大树生长的地皮比生铁还硬三四分。

五庄观的土地爷主政一方，这个势利的镇元子都没舍得给他分享半个果子,所以对着悟空极力渲染果树之神,不说半句告诫的话。

这真是疙瘩人偏种疙瘩树。

不过制造这一难,镇元大仙一是给唐僧赚了一个学分,二是也许他真心想搞一个小型的人参会。

医好树,镇元大仙非常精明地开了谢劳会,精心算计后敲下十个果子来:

观音吃一个,福禄寿三星各吃一个,唐僧吃一个,三个徒弟各吃一个,自己陪吃一个,本观仙众分吃一个。

吃得明明白白,真是一个精明的地仙。

第二十难　贬退心猿

白骨夫人非常了得,三次变化,三个角色,计划周到,情节绵密,要是没被孙悟空一棒打死,活到今天完全可以拿个奥斯卡金奖。

"三打白骨精"的戏文,在民间,只要是中国人,识字的,不识字的,大凡都晓得。一戏,两戏,三戏,然后白骨精就没戏了,唐僧和孙悟空之间还有戏。

唐僧信不过孙悟空从八卦炉里炼就的火眼金睛,把孙悟空贬退了。此"难"在唐僧是庸夫之难,在悟空是英雄之"难"。

其实,这一难,悟空也是可以做庸夫的,一戏时,你不信我,二戏时,你还不信我,三戏时,我就可以不管了。唐僧被吃了,悟空完全可以到如来那边去交账:你学生不听我一而再,再而三的警告,我吃尽了他紧箍咒的苦头,几乎性命不保。现在你学生被妖精吃了。

在常人看来,猴子也算仁至义尽了。

可猴子是英雄，英雄不计个人得失，英雄碰到昏君、碰到平庸的一把手仍有赤子之心，还会肝脑涂地，拼死护驾。

心猿被贬，在历史上是常态。岳飞是英雄，因为奸臣秦桧，最后死在了风波亭，一点都不冤，死在昏君赵构手里，那是千古奇冤。

生活之精彩，在于坏人比好人都好，好人和好人因为见识、价值观问题，常常互不相饶。

第二十难，在功课上虽只有一个学分，但含金量了得。

第二十一难　黑松林失散

贬退了心猿，取经团队来到黑松林，轮到当初进尽大师兄谗言的猪八戒当家。这呆子心里自我反省："当年行者在日，老和尚要的就有；今日轮到我的身上，诚所谓'当家才知柴米价，养子方晓父娘恩'。"

英雄落难，取经团队自然没好日子过。

唐僧没了"火眼金睛"的悟空，误入碗子山波月洞，碰到奎木狼星变的黄袍怪。

黑松林失散，这是团队没了管家——悟空的结局。

第二十二难　宝象国捎书

百花羞，这个名字起得真好，想来这个公主容貌了得。公主前身是天庭披香殿上的侍女，跟心上人奎木狼君相约到人间厮守，到了人间后却把当初与男朋友的海誓山盟忘得一干二净。

可见，两个恋人，在心智和道行上水平相似，才能私奔。否则，会闹笑话的。

替百花羞送信，想来是有风险的，所以算唐僧遭历一难。

第二十三难　金銮殿变虎

宝象国君主是水性君王，愚迷肉眼，跟昔日白虎岭上的唐僧一样，人妖不分。黄袍怪使了个"黑眼定身法"，把唐僧变成了老虎。

唐僧变成了斑斓猛虎，八戒这个临时当家人"尿泡虽大没斤两"，自己解决不了问题，终于在白龙马的请求下，只能去花果山找悟空了。

人妖不分的唐僧变成了老虎，慈悲而不分是非，便也会有恶模样。

别人看他是虎，独行者看他是人：

"师父呵，你是个好和尚，怎么弄出这般个恶模样来也？你怪我行凶行作恶，赶我回去，你要一心向善，怎么一旦弄出个这等嘴脸？"

不分是非，一心向善，便难免会有恶虎的嘴脸。高僧如是，凡人亦如是。

第二十四难　平顶山逢魔

奎木狼星因私自下凡被玉帝贬到太上老君的兜率宫带俸差操，公务员待遇不变，那是因为奎木狼星一口咬定，他下界是领导们精心设计的圈套，在玉帝面前，他争辩，"一饮一啄，莫非前定"。于是，玉帝只能给他一个戴罪立功的机会。

这样，太上老君两个司炉的童子就没事干了，于是到平顶山做了金角大王和银角大王。

这两个童子本事不算大，关键是带上了太上老君的宝贝，就连太上老君的裤腰带也被偷下凡了。这两个童子嫌整天跟着太上老君炼龙虎、配雌雄，进展太慢，想吃那个十世修行，一点元阳未泄的唐僧肉。

"平顶山逢魔"这一难，是道与佛的对决。银角大王可以调须弥山、峨眉山、泰山压着猴子。

这一难可谓三山压顶之难。

第二十五难　莲花洞高悬

莲花洞是金角、银角两大王的安家之处，高悬的是八戒和沙僧。这一难主要是借助外道，让唐僧师徒坚定取经的信心。

平顶山"外道欺心"其实质是道与佛搞的一次小小的军事演习。

太上老君把七星剑、紫金葫芦、芭蕉扇、净瓶再加上裤腰带这些超常规武器全拿出来了。道童儿"装天装地"的，结果还是敌不住悟空一"骗"。

此次军演，太上老君是有点不情愿的，是观音问他借了三次，他才把两个道童放下凡来考验唐僧师徒西行的信念。

"莲花洞高悬"，顾问是如来，大导演是观音，副导演是太上老君，其余全是身陷迷局中的群众演员。

第二十六难　乌鸡国救主

"乌鸡国救主"并不算一难，只是顺手做一件好事罢了。出家人见死不救是有罪责的，因此别人有难就是出家人有难。况且乌鸡国国王已经托梦于唐僧，这救苦救难的唐僧就骑虎难下了。

事不关己，高高挂起是有罪的。

所以有"天下兴亡，匹夫有责"的说法。

所以孙悟空只能救乌鸡国国王。

乌鸡国国王本可以证个金身罗汉，可他认不出来度他的是大智大慧的文殊菩萨，经不起几句言语相难，就把化为凡僧的菩萨推到御水沟里浸了三天三夜。

做了国君，只听好话，还狗眼看人低，这国王证不得金身罗汉。

所以青毛狮下凡报仇，让国王在井里淹了三年。

因果，有一个准确的公式，"一饮一啄，莫非前定"，乌鸡国救主白白让唐僧得了一个学分。

第二十七难　被魔化身

青毛狮是受如来旨意到人间来修理那个听不进箴言的乌鸡国国王的，也是为自己的主人文殊菩萨报三天淹水之仇的。

文殊菩萨有大智慧，青毛狮也非等闲之辈，其智慧表现在，他执政三年，乌鸡国国泰民安，风调雨顺。

其大智慧还表现在，他与猴子在大殿上大打出手，化身唐僧。这时，火眼金睛都不管用了。看来，太上老君八卦炉的火候还差了一点。

说《西游记》是讽刺小说，不无道理。区别真假唐僧的方法是念"紧箍咒"，这是典型的"破坏试验"。

世事真假难辨，英雄总得做出点牺牲。

这趟生意，是唐僧揽下来的，前前后后吃苦的却是悟空。

第二十八难　号山逢怪

号山逢怪，这怪是富二代红孩儿。猴子跟牛魔王家族矛盾的序幕就此拉开。

圣婴大王红孩儿，是一个有见识、有谋略、有胆魄的妖怪。

他晓得吃十世修行的唐僧一块肉就能与天地同修；他晓得要取唐僧就得"以善迷他"，红孩儿绝对是一个编故事的高手，从红百万编到红十万，可怜到要典身卖命的地步；有胆魄是，他才不管唐僧是佛弟子金蝉子呢，也许这就是佛所说的"众生平等"。

总之，红孩儿非等闲之辈，是一个可造之才。

第二十九难　风摄圣僧

道高以"尺"来计算，魔高却常以"丈"来衡量。

唐僧是一个得道的高僧，但他的"道"不足以识红孩儿这个妖，他那一心向善的"道"反而被红孩儿利用了。孙悟空有火眼金睛，可是在唐僧这个十世好人面前，他的火眼金睛常常不太管用；八戒和大师兄一直是若即若离的关系，关键时刻不会顶一下大师兄；沙僧和事佬一个，是非面前，常常不摆主张。

西行路上，唐僧这个团队，是一个矛盾统一体。矛盾一来，红孩儿就轻而易举地把唐僧摄去了。

圣僧丢了，三个徒弟才开始统一思想：是散伙还是结同心搭救师父？猴子怪唐僧不信火眼金睛，气不过来，要散伙；八戒真心不想揽这西天取经的活，真心想散；沙僧这个老好人，想到了自己的命运，散了，将功折罪的机会没有了，回流沙河过万箭穿心的日子，想来暗无天日。三人，只有沙僧无路可走。

红孩儿的一股风，让唐僧的三个徒弟最终还是统一了思想。

看来，"魔高一丈"是有道理的。

第三十难　心猿遭害

沙僧的"相生相克"理论（用水灭红孩儿的三昧真火），是一个要命的陈旧理论。

唐僧有难神龙助，扳倒天河往下倾。结果是，龙王的私雨帮了个倒忙，孙悟空被红孩儿烧得火气攻心，三魂出舍。

这是西行路上孙悟空吃的最大的亏。可见，马上要修成正果的红孩儿，手段了得。

第三十一难　请圣除妖

能配享"金紧禁"五个箍的，都不是一般的人物，观音伏红孩儿，给他戴上了"金箍"。一个金箍化作五个，缚手缚脚掐脖颈。观音为收其野心，还让红孩儿一步一拜，直拜到南海。

童子拜观音，五十三参，参参见佛。

自此，牛魔王家族的第一个成员皈依佛门，成了善财童子，也算得了正果。

西路行上，红孩儿给取经团队制造了四难，唐僧因此获得了四个学分，可见红孩儿是个了不起的人物。

第三十二难　黑河沉没

"龙生九种，九种各别"，泾河龙王的孩子，西海龙王的外甥，八个似乎都有出息，只有那条最小的鼍龙，无法无天，摄了唐僧和八戒。

西海龙王家族用尽资源，八个外甥都得到了好的安排，在第九个外甥鼍龙占据黑水河神府这件事上，西海龙王徇私枉法了。

养不教，父之过。鼍龙性格的基因，定然与泾河龙王的悲惨遭遇有关。

第三十三难　搬运车迟国

车迟国是西方路上敬道灭僧之处，那里有一个漫画式的国王。此国王的价值观是"有奶便是娘"。三个妖道,能呼风唤雨,痴心于打坐存神,点水为油,点石成金,祈君王万年不老,总之,能给君主带来莫大的实惠。

三个妖道成了国君的辅国大臣,和尚们全去做了苦力。

车迟国灭佛,非一人之难,而是一教之难。

在三清观,悟空请三清去了五谷轮回之所,请三个妖道喝了圣水——一溺之尿。

搬运车迟国开篇,就有讽刺与幽默的味道。

第三十四难　大赌输赢

百姓、君王的信仰常常讲究实惠,这实惠就是神通。

圣人不语怪力乱神,车迟国国君好的就是怪力乱神。没有神通还真不行。虎力大仙、羊力大仙、鹿力大仙搞神通,邪道欺佛,邪道干政。登坛祈雨、高台坐禅、隔板猜枚比的是神通,滚油锅、比砍头那就不是简单的神通了,完全是背"道"而驰的玩命游戏。

车迟国这一难记载的是佛教史上的灭佛因由。

第三十五难　祛道兴僧

此难,祛的是功利的邪道,扶正的是那个信仰怪力乱神的国君。五百个求死不能的和尚,最终成为车迟国弘佛的种子。

所谓兴僧,其本质是希望三教归一:也敬僧,也敬道,也养育人才。

看来《西游记》可以成为联合国的政治读本。

第三十六难　路逢大水

大水是通天河,"径过八百里,亘古少人行"的通天河有灵感大王,灵感大王是南海观音莲花池里得了道的金鱼精,金鱼精要吃童男童女。陈家庄地属灭佛的车迟国。

车迟国要灭佛,灵感大王便要吃人。车迟国好买卖,为了钞票在结冰的河流上铤而走险。

一个没有佛法加持的国度,必须有人去做重拾信仰的工作。

第三十七难　身落天河

唐僧命中屡犯水患,他身落通天河,伤心感叹:

> 自恨江流命有愆,生时多少水灾缠。
> 出娘胎腹淘波浪,拜佛西天堕渺渊。
> 前遇黑河身有难,今逢冰解命归泉。

身落通天河的唐僧,总是念着当下的苦。他不清楚人生自有此岸和彼岸。没有水,就没有两端;没有水,就没有生命;没有水,未来师徒在凌云渡脱胎换骨,这臭皮囊或许就无处存放。

面对苦难,唐僧的慧根是不够的,倒是猴子,总能在关键时刻开导三藏:

> "师父莫恨水灾。《经》云:'土乃五行之母,水乃五行之源。无土不生,无水不长。'"

《老子》有云:"上善若水,水善利万物而不争,故几于道。"每个赤子均生于子宫之水,出了宫门便常常迷了心性。

第三十八难　鱼篮现身

鱼篮现身捉金鱼精——灵感大王的重要意义在于:在乱世,

要让人信心坚定,必须示现,简单而言,就是用实证的行动去征服百姓。因为让人全忠的信仰,通过言语很难做到。

鱼篮观音之美,漫腰束锦裙,赤了一双脚,披肩绣带无,精光两臂膊。

这个救苦救难的观音,其美赛过西方神话里的胜利女神,美到极致,美得冰清玉洁,美得令人邪念全无。

第三十九难　出圈遇怪

画个圈,坐在里边,保你安全。

可是圈里的人就是好奇,好奇之心让待在圈里的时光成了坐牢的时光。于是大家决定出圈,出圈就是出轨、出规。于是三个出圈之人就进了独角兕大王——青牛精的地盘。

这个世界上,很多人都喜欢出圈,或因好奇,或因不守规矩。

第四十难　普天神难伏

唐僧、八戒、沙僧不愿意老老实实待在悟空的圈里,害得众天神都被另一个圈难住了。

这圈,当初是太上老君的暗器,击晕过悟空,现在这圈为青牛精盗用,众天神在这个金刚琢面前,毫无办法。

这圈绝对是长了太上老君的面子。当初金角大王、银角大王就不曾盗用此圈,说明太上老君凡事都留有一手。

曾经太上老君受观音三请之求,才放了两个司炉的童子下凡调理唐僧师徒,结果,金角大王、银角大王输得让太上老君很没面子。

这次青牛精一个小圈套就折服了天兵。这个小圈套,如来也拿它没法，解套人，天下只此太上老君一人也。

这个圈套大大长了道家的面子。

悟空：你这老官，纵放怪物，抢夺伤人，该当何罪？

老君：我那"金刚琢"，乃是我过函关化胡之器，自幼炼成之宝。凭你甚么兵器、水火，俱莫能近他。——若偷去我的"芭蕉扇儿"，连我也不能奈他何矣。

好一个答非所问！这个老君，牛得很！

第四十一难　问佛根源

面对太上老君那青牛精的圈套，如来也不敢明示：

"那怪物我虽知之，但不可与你说。你这猴儿口敞，一传道是我说他，他就不与你斗，定要嚷上灵山，反遗祸于我也。"

老君的青牛，如来也不敢惹他。这是《西游记》中，如来唯一一次服软。

可见，佛和道，各有千秋。

第四十二难　吃水遭毒

西行路上，取经团队中，好色之徒有两人：头号，八戒，谓之明里色——色得直率；二号，三藏，谓之暗里色——色得隐晦。所以他们两人都喝了西梁女国子母河的水，怀了鬼孕。

这也算是冥冥中注定的事情。为打胎，偏就遇见了仇家——红孩儿的叔叔。真是尴尬事碰到了尴尬人。

牛魔王的弟弟如意真仙，强占自然资源，开起打胎的专卖店，牛魔王家族的营生霸道得很。

第四十三难　西梁国留婚

西梁国，一国尽是思春的女儿家。在此，唐僧师徒全部掉进了倾国倾城的春光里。

留在西梁女国，唐僧可做一国之君，尽享荣华富贵。这是在用权、色、富贵考验出家人。唐僧听从悟空，将计就计，骗信西梁女国国王，结局是辜负了国王的真心。这样的伎俩多少有点拙劣。凭唐僧的慧根，要能做到不负如来不负卿，是不可能的。

六世达赖仓央嘉措有一首情诗，很有意思：

住进布达拉宫

我是雪域最大的王

流浪在拉萨街头

我是世间最美的情郎

与玛吉阿米的更传神

自恐多情损梵行

入山又怕误倾城

世间安得双全法

不负如来不负卿

可惜，唐僧的才情，远远不如仓央嘉措。

第四十四难　琵琶洞受苦

西梁女王愿以倾国之礼——南面而王的代价招赘，其对唐僧的情感发自真心，并无半点加害之意。西梁国毒敌山琵琶洞的蝎子精，目的则是采唐僧的元阳。

此难最精彩之处是唐僧和蝎子精一来一往的对白：

唐僧道："我头光服异怎相陪！"

那个道:"我愿作前朝柳翠翠。"
　　这个道:"贫僧不是月阇黎。"
　　女怪道:"我美若西施还袅娜。"
　　唐僧道:"我越王因此久埋尸。"
　　女怪道:"御弟,你记得'宁教花下死,做鬼也风流'?"
　　唐僧道:"我的真阳为至宝,怎肯轻与你这粉骷髅……"

言语上的来来去去,见学问,见性情。

这蝎子精当初也在如来那边听佛谈经,同样来自如来那边,但她没有享受到黄毛貂鼠的待遇,最终被八戒打成了一团烂酱。

第四十五难　再贬心猿

"神狂诛草寇　道昧放心猿"是第五十六回的回目名称。这一回的结尾作者写道:"心有凶狂丹不熟,神无定位道难成。"唐僧是"道昧",猴王是"凶狂"。

　　彼昧此狂,两者皆错。在行者,草寇可恶,是可忍,孰不可忍,忍无可忍,何须再忍。

　　可"忍"是心字上头一把刀,忍了,有时自己就没命了。没有方法出地狱,就不要主动下地狱。

　　唐僧贬心猿,因为心猿杀了可恶的盗贼,伤了天地和气。而此事之因有二,一是唐僧愚,二是悟空狂。愚者把责任推得干干净净,关照亡魂:"你到森罗殿下兴词,倒树寻根,他姓孙,我姓陈,各居异姓。冤有头,债有主,切莫告我取经僧人。"那席话令人赤骨寒心;狂者,被强盗前七八棍,后七八棍,打得不疼不痒,触恼了性子,承认自己一差二误打死了人,甩出狠话:"不论三界五司,十方诸宰,都与我情深面熟,随你那里去告。"那席话,大有生杀予夺一时兴起的正气感。

被贬的心猿怀着一腔怨气,到观音那边讨说法,观音对心猿杀死草寇有非常理性而智慧的说辞:

  菩萨道:"唐三藏奉旨投西,一心要秉善为僧,决不轻伤性命。似你有无量神通,何苦打死许多草寇!草寇虽是不良,到底是个人身,不该打死,比那妖禽怪兽、鬼魅精魔不同。那个打死,是你的功绩;这人身打死,还是你的不仁。但祛退散,自然救了你师父。据我公论,还是你的不善。"

观音的话中肯而实在,她指出,凭自己的神通,可以不杀而周全,那就不杀。英雄亦当慈悲为怀。

第四十六难　难辨猕猴

  天下求真最难。大部分人不识真假,那是无能。地藏王菩萨案座边的谛听知道真假,却不能说,那是无力。如来知真假,而能细细道来,还能说出六耳猕猴的本相来,那是本事。

  法力广大如观音,只能普阅周天之事,不能遍识周天之物,亦不能广会周天之种类。

  辨真假悟空,如来亲自出场。可见,杀"二心"是天下最难的事了。

  "难辨猕猴"之难告诉我们,你的敌人是你自己,管好自己,与自己和谐相处,跟自己交个朋友,天下太平。

第四十七难　路阻火焰山

  万事离不了因果,先前孙悟空大闹天宫,种了推翻太上老君炼丹炉的"因",取经路上便得吃路阻火焰山的"果"。

  在火焰山,铁扇公主靠专利吃饭。她那把芭蕉扇的技术含量很高,能熄三昧真火,保护一方人家,享用一方供养。

牛魔王家族是一个现实的家族,对红孩儿被收为观音身边的"善财童子"有清醒的认识。

这个家族渴望过自由的俗世生活,各霸一方,自由来往,何等自在。

我的生活我做主,红孩儿纵然修成正果,成了善财童子,可这严重降低了家庭的幸福指数。所以,唐僧师徒要借芭蕉扇过火焰山,不可能顺利。

有人喜欢吃鸡,你凭什么认为请他吃鲍鱼是盛情款待?

第四十八难　求取芭蕉扇

借芭蕉扇的难度很高,人家不借,你强借,就显得你无理。但在西天路上,唐僧师徒但凡有什么困难,大家都得支持,天庭常常出人出力,道家也被征用青牛和童子,在地上,各国知道唐僧是奉大唐帝王去西天求取真经的,也纷纷放行。凭什么你牛魔王家族不支持?

不借,先强借,钻到铁扇公主的肚子里,逼铁扇公主借了一把假扇。

不借,再骗借,变作牛魔王,得了把真扇,结果又被牛魔王变作八戒骗走了扇子,就此"大海里翻了豆腐船"。

第四十九难　收缚魔王

孙行者二调芭蕉扇以失败告终。

芭蕉扇在非常时期成了公共资源,不借也得借,强借不行,骗取又不行,三调芭蕉扇,其本质就是"征用"。

征用之前,得把牛魔王收伏了。当初,天庭收伏齐天大圣用的是十万天兵,终以失败告终,后来如来跟孙大圣玩了个掌上游戏，解决了问题。

现在伏牛魔王调动的兵力简直空前，阴兵、天兵、佛兵全部出动，牛魔王最终不得不归顺佛家。至此，征用那把扇子就成为自然而然的事了。

常有人问，牛魔王为啥如此之"牛"？这里可以开个玩笑，"牛"本为功高盖主之物，没有"牛"，便不存在所谓的农业社会。猴与牛的较量，也是人与牛的较量，人好使枪弄棒，原罪多多，牛好驾犁种地，有牛在便有福田在。

人类社会要和平，得铸剑为犁，犁之可用，恐怕还是离不开牛。想必如来不愿意亲自调动法力像玩猴般征服功高盖主的"牛"，缚牛，必须认真对待，这也是对牛的尊重。

至此，牛魔王家族，足足让唐僧赚取了八个学分。牛魔王家族为西天取经大业制造了麻烦，也做出了巨大贡献。

第五十难　赛城扫塔

祭赛国很有意思，文不贤，武不良，国君也不是有道国君，先前全靠金光寺那佛舍利的光辉做广告。那佛舍利夜放霞光，万里可见，昼喷彩气，四国同瞻。故此祭赛国成为四夷争相朝贡的天府神京。

一座有佛舍利的塔，成了国家的标志性建筑。

宝贝被偷，金光寺和尚落难。出家人落难，就是唐僧有难。唐僧、悟空扫扫塔，结果扫得两个妖精，名字可爱得如双胞胎。一个叫奔波儿灞，是鲇鱼精；一个叫灞波儿奔，是黑鱼精。

《西游记》里的小妖个个好玩有趣，没心没肺，向他们打听消息，从来都不藏着掖着，倒颇有"赤子"的情怀。灞波儿奔交代，偷佛舍利的是乱石山碧波潭万圣老龙王和他的女婿九头驸马。他还交代，公主也是小偷，到大罗天上灵霄宝殿前偷了王母娘娘的九叶灵芝草。

万圣老龙家族喜欢收藏，收藏的是一等一的宝贝，也是祸患。《西游记》中著名的"收藏家"有两位，一位是金池长老，另一位是万圣老龙，结果都丢了性命。

第五十一难　取宝救僧

孙悟空偶遇出猎的二郎神与梅山六兄弟。哮天犬咬了九头驸马的脑袋，悟空从万圣公主处骗得九叶灵芝与佛舍利。

这次取宝杀戮，很不见情义，万圣龙王家族只留得一个活口——龙婆。

二郎神有一句话很有意思："万圣老龙却不生事，怎么敢偷塔宝？"可见，万圣家族是一失足成千古恨。

玩物丧志，玩物也会丧命。

第五十二难　棘林吟咏

桧、柏、松、竹、枫、杏、梅、桂各有高节。知识分子，会友谈诗，表象清高，却消磨了唐僧取经的意志。读者稍加注意就知道，棘林吟咏是一场学术上的大争论：

其中拂云叟——竹精，颇有见地：

"我等生来坚实，体用比尔不同。感天地以生身，蒙雨露而滋色。笑傲风霜，消磨日月。一叶不凋，千枝节操。似这话不叩冲虚，你执持梵语。道也者，本安中国，反来求证西方。空费了草鞋，不知寻个甚么？石狮子剜了心肝，野狐涎灌彻骨髓。忘本参禅，妄求佛果，都似我荆棘岭葛藤谜语，萝蓏浑言。此般君子，怎生接引？……"

这话对唐僧很不敬，等于是否定唐僧师徒西行取经的宏图。

"棘林吟咏"之难，最后发展成文人们红袖添香的雅集，那些树精合起来逼迫唐僧与杏树精成亲。

世上有一类邪物，其罪在动摇人们的信念，破坏最大在攻心。

从这个角度来看，这些好不容易修炼成精的草木，最后被八戒赶尽杀绝，亦属正常。

五十三难　小雷音遇难

黄眉老妖，是给未来佛——弥勒佛司磬的黄眉童下凡。弥勒佛是现世佛如来的接班人，身边的工作人员即便是一个司磬的也本事了得。

领导身边的人，一旦染上妖气，危害自然不浅。

悟空能预见危害。可面对一意孤行、过于执着的唐僧，悟空的预见也没用。

悟空：祥光瑞霭中有凶气，决不可擅入。

唐僧：既有雷音之景，莫不就是灵山？你休误了我诚心，耽搁了我来意。

悟空：不是，不是，灵山这路我也走过几遍，哪是这路途！

八戒：纵然不是，也必有个好人居住。

讲道理最怕的是不讲逻辑，唐僧、老猪都没好好学过逻辑学，有雷音之景就是灵山，有美景一定有好人居住，说话逻辑荒唐，全凭性情。火眼金睛，在这个团队中还真不管用。说到底，唐僧是一个急功近利的凡人。看到"小雷音寺"，因过分执着，只认是"雷音寺"，慌得滚下马来，倒地便拜。这全然不是一个高僧的形象，倒颇有奴才的情状。

出家人，执着心强，功利心难除，注定要遭难。

对于唐僧的名利心，唐僧曾经也有过清醒的认识，当得知车迟国陈家庄人冒着生命危险漂洋过河去西梁女国做买卖时，唐僧有这样一段话：

"世间事惟名利最重。似他为利的，舍死忘生；我弟子奉旨全忠，也只是为名，与他能差几何！"

五十四难　诸天神遭难

之前一只黄毛貂鼠，吹一口风，便让世界昏天黑地，天下所有人以小见大，都明白现世佛如来佛法无边。

而小雷音寺的黄眉怪，一个小小口袋，把自信满满前来救援的诸天神，全收入袋中。谁还敢小觑未来佛？

对于黄眉老妖所犯之过，主人并未降罪，理由很简单，笑面佛如是说：

"你师徒们魔障未完：故此百灵下界，应该受难。"

如此说来，取经团队应该对他感恩戴德了。

五十五难　稀柿衕秽阻

"稀柿衕"，当地人又叫"稀屎衕"。七绝山八百里，满山尽是柿子。柿树是好东西，有七绝之好，益寿、多阴、无鸟巢、无虫、霜叶可玩、嘉实、枝叶肥大。

可是，好东西多了也会成灾，每年烂柿子落在路上将一条夹石胡同全部填满，这填满的其实是人们的"市"心。

驼罗庄禅性不稳在于好交易。这个老李，始初不肯留宿，后知唐僧徒弟能降妖，就答应留宿，此谓可用之"市"。先前人家和尚帮他们降妖而死，老李却说："他只拼得一命，还是我们吃亏：与他买棺木殡葬，又把些银子与他徒弟。那徒弟心还不歇，至今还要告状，不得干净！"又请个道士降妖，道士死得如落汤鸡，老李道："他也只舍得一命，我们又使够闷数钱粮。"此谓不惜人命重钱之"市"。

请行者除妖，一味要谈个价钱。稀柿衕秽阻，其实质是被"市侩"之心所阻。

在稀柿衕，悟空和八戒杀死的妖怪是红鳞大蟒，即眼睛瞪得如灯笼的蛇。面对名利好处，我们有时就是一条眼睛瞪得如灯笼的红鳞大蟒。

过稀柿衕，"六欲尘情皆剪绝，平安无阻拜莲台"，这是什么意思？意思是六欲尘情皆无，灵魂干净了。

五十六难　朱紫国行医

皇帝得病，谁能治好他的病，他愿意将社稷与他平分。

给国君治病，如履薄冰，得用悬丝诊脉。治病的药有锅灰、马尿，谓之"乌金丹"。

这一回，孙猴子行医，居然知过去事，晓得人家得的是"双鸟失群"症。

这在逻辑上似乎讲不通，因为当初菩提祖师未传猴王知过去事的本事呀。只能说经历了五十五难的猴王，慧根长进了，由当下而能计算过去了。

五十七难　拯救疲癃

治相思病的方法，就是让他呕吐、拉肚子。帝王肚子里也不是金子，也是臭气冲天的屎尿、隔夜食料。

拯救朱紫国国君的疲癃症，唐僧看到了什么？纵然是国君，也都有一个臭皮囊。

国君害了相思病，病到愿意放弃一半江山的地步，此乃大病。

五十八难　降妖取后

治病得表里兼治。朱紫国国君的病根在国君做太子时好围猎，不爱惜野生动物，居然射伤了孔雀大明王的儿子。佛母忏悔后，吩咐他拆凤三年。观音的金毛犼就担起了替王消灾的使命，下凡为妖，变作赛太岁，守了三年"金圣宫娘娘"。

这里有严密的因果关系，因和果如天平的两端，不失毫厘。

"金毛犼替王消灾"实在是朱紫国国君的大幸。

赛太岁的宝贝是紫金铃，神佛们的宝贝一到凡间，全成了武器。

五十九难　七情迷没

化斋这件事，以往大都是行者去做的，可是这回，唐僧一定要自己去，自己去才能真正体会被七情所迷的感受。

唐僧是东土大唐的高僧，又是如来不够争气的二徒弟。高僧是官方的说法，不争气可是如来亲口说过的。

作为读者，我们时常高看唐僧。

现在，大家放心了，唐僧也不过如此。他先是看到四个美女，偷窥了半个时辰，再是看三个美女踢气球，又是看了好几个时辰。

后来，唐朝高僧被蜘蛛精吊了起来，"那长老虽然苦恼，却还留心看着那女子"。

"七情迷没"这一难，读者应该关注唐僧关注美女的时间。此次化斋，斋没化成，肚子没吃饱，却饱了眼福。在被七情所迷的和尚眼里，秀色可餐也。

第六十难　多目遭伤

多目怪是蜘蛛精的师兄，一千只眼睛杀伤力了得，最后黎山老母点化悟空找毗蓝婆菩萨。毗蓝婆是个怪人，隐姓埋名，她是昴日星官的母亲，她杀多目怪的方法是用在儿子眼睛里炼成的绣花针。

好色，贪在眼睛，除色得用在眼睛里炼就的绣花针，武器并不在大，而在适合。

适合的，才是最好的。

第六十一难　路阻狮驼

取经团队，表面上是师徒四人，我们严肃地把白龙马给忽略了，我们糊涂地把六丁六甲、五方揭谛也忽略了，我们还时常把通风报信的李长庚给忽略了。

取经团队，其实有一个庞大的组织。

到狮驼岭，李长庚就来通风报信，把三个妖怪好好渲染了一番。

狮驼岭有一个可爱的小妖，叫小钻风。作者是通过没心没肺的小钻风介绍三个大王的：

大王，一口气能吞十万天兵；

二大王，身高三丈，卧蚕眉，丹凤眼，美人声，扁担牙，鼻蛟龙。

三大王，不是凡间怪物，名号云程万里鹏，随身宝贝是"阴阳二气瓶"。三大王把狮驼国国王及所有人等全吃了，自己做了国王，满朝文武、全城百姓全是妖怪。

《西游记》做情报工作的小妖们全无心计，成事不足，败事有余，可爱、可怜、可气、可笑。

六十二难　怪分三色

怪分三色：青者，青毛狮；黄者，黄牙老象；金者，云程九万的大鹏雕。

此难中，云程万里鹏的"阴阳二气瓶"让孙悟空用上了当初观音在蛇盘山所赐的三根救命毫毛。

关键时刻，"毫毛"之功不可小觑！

这一难中，团队矛盾空前，八戒要分行礼，唐僧偏爱八戒，埋怨兄弟全无相亲相爱之意，悟空变作勾司人救八戒又捉弄八戒，让他拿出藏在耳朵里的四钱六分私房钱。

大难面前，团队的矛盾更加清楚，团队的趣味表现了出来，团队的大局意识也体现了出来。

取经团队的根基并非固若金汤，但大方向基本一致。

第六十三难　城里遇灾

西天路上，我们常常能看到一座城就是一个国，类似于今天的新加坡。狮驼国是生态最好的一座城：

攒攒簇簇妖魔怪，四门都是狼精灵。
斑斓老虎为都管，白面雄彪作总兵。
丫叉角鹿传文引，伶俐狐狸当道行。
千尺大蟒围城走，万丈长蛇占路程。
楼下苍狼呼令使，台前花豹作人声。

摇旗擂鼓皆妖怪，巡更坐铺尽山精。

狡兔开门弄买卖，野猪挑担干营生。

先年原是天朝国，如今翻作虎狼城。

读此诗，不得不佩服作者奇妙的想象力。

在这座妖城中，孙悟空误以为唐僧被妖夹生吃了，两次落泪。尔后埋怨如来，不肯直送三藏之经到东土，质疑历尽艰辛取经的意义。

何谓群魔欺本心？对辛苦取经意义的动摇，就是"欺本心"。

行者"本心"动摇，两泪悲啼直至大雷音寺，在如来面前不谈取经大业，而是请求大发慈悲，将《松箍儿咒》念念，放自己归花果山。

面对三魔，行者信心全无，在如来面前泪如泉涌，悲声不绝。

第六十四难　请佛收魔

为降三魔，过去佛、现世佛、未来佛，全部移驾狮驼城。

青毛狮精好对付，主人是文殊菩萨；擒黄牙老象也不难，主人是普贤菩萨；大鹏金翅雕，牛得很，是如来的舅舅，不好收拾，与外甥讨价还价后，如来让步，金翅大雕皈依。

如来如此法力，也做出让步，且是当着过去佛、未来佛、五百罗汉、三千揭谛的面，做出了"让步"。

此等"让步"非无能也，乃是大慈大悲！

至此，唐僧在狮驼岭总共遭遇四难。佛祖亲临救难，这在取经途中绝无仅有。

第六十五难　比丘救子

比丘国的国君，好美色，身体一塌糊涂。治他一塌糊涂身子的药引子是孩子的心肝，要用一千一百一十一个小儿的心肝才可，据说这也是长寿的妙方。

"君叫臣死，臣不得不死，父要子亡，子不得不亡。"现在君要别人小儿的心肝，举国的父母居然都心不甘情不愿地把孩子吊在鹅笼里，等着自己的国君吃了"万岁万岁万万岁"。

天下有难，就是出家人有难。出家人见此，不得不"行方便"，救那些孩子。

救孩子有困难，有困难才见功德之大。

第六十六难　辨认真邪

人有红心、白心、黄心、悭贪心、利名心、嫉妒心、计较心、好胜心、望高心、侮慢心、杀害心、狠毒心、恐怖心、谨慎心、邪恶心、无名隐暗之心、种种不善之心。

悟空变的假唐僧说，就是没一颗黑心。

南极仙翁是寿星，寿星的坐骑到凡间为妖，成为比丘国的国丈。这国丈开的长寿方子居然是人的心肝，这国王真是没心没肝，还真信了妖道。

南极仙翁收了他的梅花鹿，却一点没有忏悔的意思。

上苍为成就一个唐僧，付出的代价可不小啊！孩子的心肝都付出了。有时候，功德可能也是罪孽。

此难结束，大家好吃好喝，对南极仙翁感激涕零！

第六十七难　松林救怪

前面有一个粪坑，一个盲人偏要往前走，凭你的口才和魅力，你怎么也劝不住这个盲人，怎么办？

想知道答案，那就好好读《西游记》。

现在，在黑松林，肉眼凡胎的唐僧又见到一个妖怪，女的，有沉鱼落雁之容，闭月羞花之貌。荒野里的女妖，还是一个讲故事的高手。

人间的高僧，光顾着念经，也不长半点记性，在他眼里，花容月貌的都是女菩萨。

"你这泼猴，怎么这等一个女子，就认得他是个妖怪。"唐僧不信。

猪八戒也不信。

行者就骂八戒："你这重色轻生，见利忘义的馕糟，不识好歹，替人家哄了招女婿，绑在树上哩！"

行者不好骂师父，翻出八戒的旧账是为了指桑骂槐。

唐僧到底还是有点慧根的，听得懂人家手指了吴山骂洞庭。

"也罢，也罢。八戒啊，你师兄常时也看得不差。既这等说，不要管他，我们去也罢。"唐僧终于长了记性。可那妖怪不是吃素的，她对着吃素的唐僧用起了激将法："师父啊，你放着活人的性命不救，昧心拜佛取何经？"

长了记性的唐僧，道高只有一尺，妖怪的伎俩，乃魔高一丈。

走到这一步，悟空只得任唐僧去救妖怪，救人路上，还旁敲侧击，使尽各种方法让唐僧弃了那个"女菩萨"。但这个拥有火眼金睛者，即便口吐莲花也没用。

我们回到前面的问题：前面有一个粪坑，一个盲人偏要往前走，凭你的口才和魅力，你怎么也劝不住这个盲人，怎么办？

齐天大圣告诉你，只能长点降妖的本事，除此之外别无他法。

是的，当我们没办法改变别人的想法时，最实际的做法就是提升自己解决问题的能力。

第六十八难　僧房卧病

在镇海禅寺，圣僧生病了。病是会坏人信心的，平庸的瓦夫如此，唐王封的御弟同样如此。

　　僧病沉疴难进步，佛门深远接天门。
　　有经无命空劳碌，启奏当今别遣人。

这个唐僧生病时写的绝笔书，信念破肚而出，完全是支离的猪下水。

这圣僧，病得可笑，病得错乱了最起码的生命格局。

唐僧病了，八戒想着趁早商量，卖马，典行囊，备棺材了。

就生命的困顿这一问题，猴王与八戒的一席话颇有教益：

猴王：你不知道，师父是我佛如来第二个徒弟，原叫做金蝉长老，只因他轻慢佛法，该有这场大难。

八戒：哥啊，师父既是轻慢佛法，贬回东土，在是非海内，口舌场中，托化做人身，发愿往西天拜佛求经，遇妖精就捆，逢魔头就吊，受诸苦恼，也够了，怎么又叫他害病？

行者：你哪里晓得，老师父不曾听佛讲法，打了一个盹，往下一失，左脚下蹋了一粒米，下界来该有这三日病。

说到底还是老话一句：一饮一啄，莫非前定。因果之间，冥冥中必定有一个铁定的公式。

六十九难　无底洞遭困

唐僧最宝贵的地方有二：一是他执着取经的信心；二是他十世好人的肉体。唐僧在黑松林铁定要救的"女菩萨"是陷空山无底洞的金鼻白毛老鼠精，也叫半截观音，下界后叫地涌夫人，还是李天王的干女儿。

这金鼻白毛老鼠精当初在如来处与金蝉子有过一段凤缘，"凤世前缘系赤神，鱼水相和两意浓"，这是妖怪自己说的。所以妖怪一定要实现跟金蝉子的鱼欢求阳之愿。

金蝉子转世后，今非昔比，他有取经重任在身，取经人的肉体怎能让金鼻白毛老鼠精给破了？破了就破了如来的宏大计划。

经历了六十八难的唐僧，到此已经有一副朝佛的铁打心肠，变得坐怀不乱了。倒霉的金鼻白毛老鼠精，错过了最好的时机。

第七十回　灭法国难行

灭法国国王已经杀了九千九百九十六个和尚，他再杀四个和尚，自个认为功德也就圆满了。

这个国王与佛有着深仇大恨哪。

相比这个国王的大恶，当初孙悟空碰到的喜、怒、爱、思、欲、忧六个抢劫的盗贼真不算什么，当初孙悟空碰到的二三十个剪径的草寇也算不了什么。

是可忍，孰不可忍，忍无可忍，无须再忍，当初孙悟空把盗贼们都杀了。

杀了盗贼，唐僧就生气了。孙悟空或被气走，或被念紧箍咒后不得不离开唐僧。

伤人者，必自伤。这是一个很简单的道理。

现在孙悟空是吃一堑，长一智。面对杀了九千九百九十六个和尚的暴君，这一回孙悟空是是可忍，孰不可忍，忍无可忍，还须再忍。

到灭法国，行者不杀人了，他让灭法国的灭佛国君、王后及臣子一夜之间变成了秃头。行者以无上的法力让灭法国成了钦法国。

这一回，悟空用了无上的正等正觉的智慧去解决灭法国的事端。

先前悟空因杀死二三十个草寇而被唐僧贬走，悟空到落伽山找观音诉苦时，观音曾经给他开示，此处再作抄录：

> 菩萨道："唐三藏奉旨投西，一心要秉善为僧，决不轻伤性命。似你有无量神通，何苦打死许多草寇！草寇虽是不良，到底是个人身，不该打死，比那妖禽怪兽、鬼魅精魔不同。那个打死，是你的功绩；这人身打死，还是你的不仁。但祛退散，自然救了你师父，据我公论，还是你的不善。"

在《西游记》里，行者对敌人的策略、态度的变化，是一条隐藏得比较好的线索。

悟空最终得了"斗战胜佛"的正果，斗战的智慧已经达到无上正等正觉的地步，取得胜利，无须杀人，即成佛。

第七十一难　隐雾山遇魔

一只艾叶花皮豹子精，叫南山大王，他知道唐僧是十世修行的罗汉，这说明，这南山大王也算是有见识的。他也想吃唐僧肉，他的先锋给他出了六瓣梅花计，把唐僧抓了。

抓了唐僧，想放一万个心吃唐僧肉。

柳树根变的唐僧脑袋，没有骗过火眼金睛的悟空。

剥皮亭上的一颗真人头，骗过了三个徒弟的眼睛。徒弟们相信唐僧死了。

徒弟们哀的是唐僧的"死"，而不是无法完成的取经大业。他们有俗世的套路，葬了师父就去报仇雪恨。

这只可怜的艾叶花皮豹，苦苦修炼成精，却没有一个主人来认领，一个隐雾山的南山大王，最终死在九齿钉钯下。

那些神仙的坐骑下凡为妖，圆满的是功德，艾叶花皮豹也为唐僧西天取经争取了一个学分，可是，它死了！

唉！这个没有主人的南山大王！

第七十二难　凤仙郡求雨

凤仙郡无雨，是因为领导犯错，百姓替他一起受罪，刑期遥遥无期。那座等着一只鸡吃尽的米山，那座等着狗舔完的面山，那件等着灯燎断的锁梃，都表明了玉帝是真生气了。他想教训一下凤仙郡的郡主和臣民。

教训郡主齐家无方！

教训臣民贪婪和自戕。

斗粟百金之价，束薪五两之资。十岁女易米三升，五岁男随人带去。城中惧法，典衣当物以存身；乡下欺公，打劫吃人而顾命。

凤仙郡郡主治郡无方，百姓人心不古，精神文明建设一塌糊涂。

悟空给凤仙郡求雨的过程，也是替凤仙郡郡主、臣民赎罪的过程。

第七十三难　失落兵器

唐僧师徒四人，关系其实并不纯粹。一路上，唐僧给三个徒弟传授了哪些实质性的本事？确实说不好。

唐僧的三个徒弟，都是戴罪之身，跟唐僧西天取经，做好警卫工作，就能修成正果。

所以师父不像师父，徒弟不像徒弟。在玉华县，徒弟终于有机会过把师父瘾了。三个师父都张扬了各自重要的武器。物有几等物，人有几等人，这本是唐僧教训八戒的，埋怨八戒不该歪缠玉华县的王子，不懂分贵贱。已到天竺国下郡，离西天已经不远，唐僧还是失了平等相。

物有几等物，行者、八戒、沙僧的三件日常武器，在妖怪眼里却是世上稀有的宝物。这稀有的宝物，离人便有霞光瑞气，结果招致豹头山虎口洞妖怪的偷窃。

通过兵器失落事件，作者想告诉读者什么？小说第八十八回有诗：

　　　　道不须臾离，可离非道也。
　　　　神兵尽落空，枉费参修者。

第七十四难　会庆钉钯

八戒的钉钯是太上老君亲自给他打造的。物虽无五脏六腑，但智慧了得。黄狮精是文物鉴定专家，单就那钉钯要开个"钉钯会"。

刁钻古怪、古怪刁钻是两个替主人黄狮精采购举行钉钯会所需猪羊的小妖，采购的同时不忘做花账（以无作有、以少报多的假账），从中捞银子。

作者笔下的妖怪，具有鲜明的典型性。在现实社会中，做假账的刁钻古怪、古怪刁钻还是不少的。

第七十五难　竹节山遭难

东天妙岩宫太乙救苦天尊的坐骑九灵元圣——九头狮子，为什么要到竹节山为难唐僧师徒？

唐僧师徒所犯错误逃不过广目天王的眼睛：

"那厢因为你欲为人师，所以惹出这一窝狮子来也。"

故事是这样的：太上老君送太乙救苦天尊一瓶"轮回琼液酒"，太乙救苦天尊把酒放在大千甘露殿中，看守九灵元圣的狮奴就偷吃了酒，那酒一喝便三日不醒，九灵元圣趁机下凡惩治唐僧师徒。

唐僧师徒竹节山遭难，冥冥之中，都已经计划好了，天衣无缝。

至此，读者也许会追问，为什么好为人师也是错，该有一难？

唐朝韩愈《师说》云："师者，所以传道受业解惑也。"传道易，授业难，人生之惑何其多。今者所谓之师，传书本之道，学生毕业却等于失业，即使有业糊口，也心在迷途，无法自救。那是因为所谓的"师"，没有把传道、授业、解惑融为一体。

取经大业本就难上加难，还偷闲做半吊子的师父，岂不罪过？所以惹出一窝狮子也是该有的报应！

第七十六难　玄英洞受苦

天竺国外郡金平府的和尚说："我这里向善的人，看经念佛，都指望到你中华地托生。"

此话是真话还是客套话呢？如来佛对南赡部洲是不满意的，说南赡部洲人"多贪多杀，多淫多诳，多欺多诈"。指望到中华地托生,这话只有两种可能,一种可能是金平府也不是理想国度,另一种可能只是对东土取经人的客套而已。

元宵节前夕,信众会到寺庙送灯献佛,唐僧师徒在金平府慈云寺看了灯,又到东门东厢各街上游戏。

扫塔结束,唐僧又接受众僧建议,正月十五元宵夜到城里看金灯。

和尚一下子就坠落红尘,高僧也不能免俗。

不入红尘能一心向佛,是高僧;入了红尘还能一心向佛,于闹中求静,那是圣僧。

显然,赶到金平府的唐僧在道行上与圣僧之间还有差距。被青龙山玄英洞三个妖魔——辟寒大王、辟暑大王、辟尘大王摄去也是他的命数。

四值功曹所言极是:"你师父宽了禅性,在于金平府慈云寺贪欢,所以泰极生否,乐盛成悲,今被妖邪捕获。"

真是"难"有源,"苦"有根,生命自有定数,丝毫都不会有差池。

第七十七难　赶捉犀牛

赶捉犀牛精的是四木禽星——角木蛟、斗木獬、奎木狼、井木犴。

玄英洞三魔乃是犀牛精。此三魔同样因无主人而最后全被处死,犀角宝贵,四只进贡玉帝,一只留在金平府以作免征香油之证,一只唐僧师徒带去献给灵山佛祖。

当初太白金星曾说过"犀牛之精"有天文之象,累年修悟成真,亦能飞云步雾。其怪极爱干净,常嫌自己影身,每欲下水洗浴……辟寒、辟暑、辟尘都是角有贵气,故以此为名而称大王也。

犀牛之死莫非死于角之"贵气"？唐僧之难莫非起于贪恋红尘之贵气？

第七十八难　天竺招婚

唐僧的元阳是至宝，破了元阳，取经大业便前功尽弃。玉兔精是太阴之物，下凡变作天竺国的假公主，欲婚配唐僧。

此时的唐僧，对女色的免疫力空前提升，再漂亮的姑娘在面前，他也不会动心。

太阴星和嫦娥下凡捉拿玉兔的细节，很有意思。老猪对嫦娥还是不改初衷，抱着嫦娥想耍子去。这虽然只是开个玩笑，但这一玩笑按理也是触犯了天条，也该收拾，可现在，没人去追究。这就证明，当初天蓬元帅被贬下凡，可能也是上天的设计，嫦娥可能只是帮凶而已。

一饮一啄，莫非前定。不是"莫非"，而是"一定"。

第七十九难　铜台府监禁

"监禁"有多重含义。这个露富的员外姓寇，贼寇的"寇"，为了满足自己斋万僧的愿望，一厢情愿地留下唐僧师徒好吃好喝。这个寇员外，偷窃的是圣僧一路向西的宝贵时间。

后寇员外因露富被强盗入室抢劫并杀害。家人诬告唐僧师徒，害唐僧师徒被铜台府监禁，这是监禁了别人的肉身。

再后是寇员外被悟空救活，接受感激的唐僧师徒，再也不敢接受别人的好吃好喝了。

这个寇员外，算得上西天取经路上最厉害的"寇"。

第八十难　凌云渡脱胎

过凌云渡，坐的法船是无底舟，大家都脱胎换骨了，在凌云渡大家见到了自己的肉身漂在水上。

脱胎换骨的师徒互致谢意，徒弟们是借门路修功，成正果，师父是有徒弟保驾，喜脱凡胎。

第八十一难　阴魔夺经

第八十一难是取了真经后追加的。历这一难时，唐僧师徒都已经脱胎换骨。为了符合"九九归一"之说，佛祖让观音令揭谛神追上八大金刚，把风按住，失去"动力系统"的唐僧师徒连经带马从云上坠落地下。

坠落地点恰是通天河。那只一心想脱壳变人身的老鼋一直在等候着取经人的到来。当初老鼋帮忙出于感激，也出于有求于人的动机。现在老鼋愿意帮忙是急切地想打听自己的前程。

这是一只报复性很强的老鼋。当得知唐僧忘记向如来打听他何时成人时，他就生气了。他一生气，就将大家及经文全淬下水去。于是才出现了上岸晒经时，阴魔假借风雾雷电作号夺经的场面。

第八十一难让我们明白，唐僧西天取经中的任何一难，都在如来和观音的掌控之中，从严格意义上来说，如来和观音是重塑唐僧师徒的总设计师。

盘点"九九八十一难"，八十一枚菩提果，一果一味，味味有智慧，味味见菩提。

后　记

　　一年里，我用谋生之余的边角料时间写了《西游课》，窗外模糊的月亮，总在笑话我的陈词滥调，我战战兢兢，如履薄冰，如临深渊。

　　在夜色里耕读，跟生计无关，《西游记》里那些小妖们时常活泼泼地出现在我脑海：

　　精细鬼、伶俐虫、有来有去、奔波儿灞、灞波儿奔、小钻风……

　　我喜欢那些小妖们，他们让我回到快乐的童年，我曾经被他们附身，变得滑稽可笑。

　　每一个生命，大到国王，小到庶民，在红尘里总是有着亦人亦妖的一面，白骨精、蜘蛛精、蝎子精、白毛老鼠精、玉兔精……他们在生活中也曾俘虏过很多红尘中人。

　　我是唐僧，是悟空，是八戒，也是沙僧，我是一个复合体，读《西游记》就是读自己的传记。九九八十一难，困惑种种，我们每一个人活在世界上似乎都在抄袭别人的苦难，苦不堪言，劫后余生，庆幸之余，常常忘记吸取教训。

　　真实的玄奘，在大唐，人们叫他"佛门千里驹"，他比小说里的"唐僧"传奇得多，他用双脚丈量了两百多个国家和城邦。最好的故事，要用肉体和灵魂同时演绎。如今，银鹰展翅，朝发夕至，鼠标轻点，关山万里，凌空蹈虚，让修行变得格外艰难。

小时候，我穿着大人的雨衣，独自在漆黑的夜色里赶路，走过一座小桥，穿过一片小树林，路过一片坟地，风声、雨声、装着瘦小身子的雨衣卡啦啦的响声，前面一个黑影在赶路，后面似乎有人在泥泞里卡哧卡哧追上来。我突然就想到了小说里的唐玄奘。我的小学老师曾经说过，真正的唐玄奘是孤身一人去的西域，孙悟空、猪八戒、沙僧、小白龙，其实根本就不存在，是人们的幻想而已。但我认为，唐玄奘心里其实是装着他们的，就像我时常装着无数个自己的幻影。我经常会跟自己的幻影说话，那些幻影是英雄，是懒虫，是神，是菩萨，是佛，是我，"他们"让我一个人独自行走的时候热热闹闹，快乐，往前赶，悲伤，往前赶，恐惧，往前赶，淡定，往前赶，饱了，往前赶，饿了，还得往前赶。

读《西游记》让我勇气倍增，让我在无数个漆黑的雨夜，往前赶。

缘此，我一厢情愿地认为，阅读《西游记》应该成为每个中国人的功课。于是我在阅读之余，在许多个深夜召集自己的幻影，脑洞大开，对这个"中国故事"提出各种看法。《西游课》拉拉扯扯，胡言乱语，不知道我的读者会不会喜欢，会不会因此成长。

现在的中小学生们应该热心整本书阅读，《西游课》能让他们读过原著后，有兴趣一读再读，哪怕是无稽之谈，或许也可以点燃大家阅读的"野心"。

一个没有阅读"野心"的人，不可能成为真正的学习者，也不可能成为一个乐天的行动者。

海明威有一篇小说，叫《乞力马扎罗山的雪》，开篇的题记意味深长：

"乞力马扎罗是一座海拔一万九千七百一十英尺的常年积雪的高山，据说它是非洲最高的一座山。西高峰叫马塞人的'鄂阿奇—鄂阿伊'，即上帝的庙殿。在西高峰的近旁，有一具已经风干冻僵的豹子的尸体。豹子到这样高寒的地方来寻找什么，没有人作过解释。"

我喜欢那只"豹子"！

2020 年 5 月 18 日于云荷书房